MAITRE PIERRE

OU

LE SAVANT DE VILLAGE.

ENTRETIENS

SUR LA PHYSIQUE.

PAR C. P. BRARD.

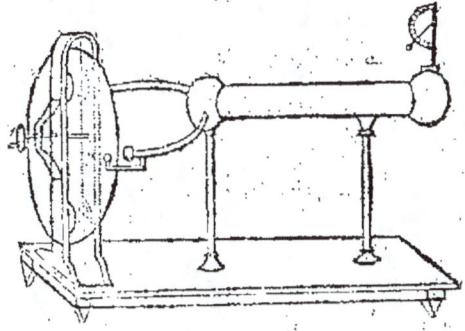

Paris,

LANGLOIS ET LECLERCQ, ÉDITEURS,

ANCIENS ASSOCIÉS

ET SUCCESSEURS DE PITOIS-LEVRAULT ET Cie,

RUE DE LA HARPE, 81.

MAITRE PIERRE,

ou

LE SAVANT DE VILLAGE.

Tout exemplaire qui ne sera pas revêtu de notre signature, sera réputé contrefait et poursuivi conformément aux lois.

Imp. d'Hippolyte TILLIARD, rue St.-Hyacinthe, 30.

MAITRE PIERRE,

OU

LE SAVANT DE VILLAGE.

—

ENTRETIENS SUR LA PHYSIQUE.

Par C. P. BRARD.

Il n'est point de village en France
où l'on ne trouve un homme supérieur
à tous les autres.

PARIS,

PITOIS-LEVRAULT ET Cie,

RUE DE LA HARPE, 81.

1840.

PRÉFACE.

—=•°•=—

MON CHER LECTEUR,

Je vais te raconter comment Maître
Pierre apprit la physique, et comment
il s'y prenait pour l'enseigner à ses
voisins. Tu ne t'attends pas sans doute
à trouver ici tout l'appareil et toutes
les finesses de la science, puisque
c'est un simple paysan qui explique
ce qu'une heureuse circonstance lui

1.

a permis d'apprendre ; mais si j'ai pu saisir son langage simple et clair à la fois, si je n'ai rien oublié de tout ce qu'il disait de curieux en parlant des grands phénomènes de la nature, tu éprouveras alors autant de plaisir à lire ce petit livre que j'en ai trouvé à l'écrire, et c'est ce que je te souhaite de tout mon cœur.... Adieu.

MAITRE PIERRE,

ou

LE SAVANT DE VILLAGE.

— ⚬ —

ENTRETIENS SUR LA PHYSIQUE.

═══════════════════════════════

CHAPITRE PREMIER.

Maître Pierre, sa maison, son village.

Pierre a été garçon de salle à l'école centrale des Quatre-Nations de Paris, et sa place l'ayant obligé d'assister à toutes les leçons de physique et d'histoire naturelle qui s'y sont données, il a eu l'intelligence et le bon esprit de retenir la plupart des principes dont nous voyons journellement les applications dans la nature et dans les arts.

Pierre, retiré dans un village d'Auvergne,

est devenu l'oracle et le conseil de ses voisins;
il les instruit sans abuser de sa supériorité; et
les nombreux voyageurs qui visitent les montagnes volcaniques, ou qui fréquentent les
eaux thermales de l'Auvergne, demandent
toujours à voir Maître Pierre, qui leur sert
d'ailleurs de guide dans les vieux volcans du
Mont-Dor.

Maître Pierre a passé la cinquantaine : il
est grand, sec et fort comme un montagnard;
son chapeau gris, sa veste de velours olive et
ses grandes guêtres de drap noir, le font remarquer; il est poli sans affectation, parle
peu, mais agit sans hésiter. Pierre est veuf et
sans enfants; il a un neveu près de lui; et
comme il est sobre et rangé, la culture de son
jardin et le revenu de son petit troupeau de
moutons à laine fine suffisent à ses besoins, et
lui laissent beaucoup de temps libre : ce sont
ces instants qu'il donne à ses voisins, et qu'il
emploie au bien-être de sa commune, dont il
est adjoint.

Maître Pierre n'est étranger ni à la physique, ni à l'histoire naturelle en général; il
calcule juste, et possède quelques notions de
géographie et d'astronomie. Les leçons qu'il
prit autrefois à la dérobée et les fréquentes

visites qu'il reçoit de la part des gens instruits,
qu'il écoute toujours avec la plus grande attention, ont formé la masse de ses petites con-
naissances, qu'il tâche d'entretenir et même
d'augmenter.

La maison de Maître Pierre est située dans
un de ces jolis villages d'Auvergne qui se
perdent dans le feuillage de leurs vergers;
elle est placée au levant, à mi-côte, et se fait
remarquer par la blancheur de ses murs, sa
couverture en tuiles et ses contrevents verts;
un petit jardin parfaitement cultivé, qui ren-
ferme un rucher et quelques plantes médici-
nales, sert d'entrée à cette modeste et bonne
habitation, dont l'intérieur est en harmonie
avec les goûts et l'intelligence du maître; des
meubles de noyer, bien solides et bien cirés,
quelques livres, plusieurs cartes de géographie et deux tableaux chronologiques, font
tout l'ornement de sa cellule; quant aux autres
pièces de la maison, elles renferment les pro-
visions, les outils, les graines et tout ce qui
est utile à la campagne.

La place du village est ombragée par un
chêne énorme, dont l'âge se perd dans les
annales du pays; car au quinzième siècle on
passait déjà des actes sous le vieux chêne, et

tout porte à croire qu'il est contemporain de l'église gothique qui lui fait face. L'église, le bel arbre, quelques jardins, la maison commune, la fontaine, entourent et décorent cette place. Mais dans un enfoncement couvert de ronces et de broussailles on lit, sur une porte noire surmontée d'une croix de fer, cette inscription morale et mélancolique : *Nous fûmes ce que vous êtes, vous serez ce que nous sommes*; et c'est là que reposent tous les êtres que l'arbre et l'église ont vus naître et mourir.

Un banc rustique entoure le pied du chêne, c'est le lieu du rassemblement des dimanches, et c'est la salle où Maître Pierre se plaît à instruire ses voisins, alors qu'ils rentrent au village en quittant, avec le jour, les champs et leurs pénibles travaux; c'est là que, pendant les belles soirées d'été, cet excellent homme, entouré de son petit auditoire, travaille à déraciner une foule de vieux préjugés et à propager les idées justes et claires sur la plupart des phénomènes de physique ou d'histoire naturelle qui se passent journellement sous nos yeux, et qui intéressent directement l'agriculture, l'industrie ou la vie privée.

Pierre est modeste et rempli de bon sens ; aussi toutes les fois qu'il craint de ne pas être compris par ses voisins, il n'hésite point à dire : « Je ne me rappelle pas... cela est trop difficile.... n'allons pas plus loin.... c'est assez pour nous. »

CHAPITRE II.

Maître Pierre parle de l'air, de sa composition, de sa pesanteur, etc.

Maître Pierre, ennuyé d'entendre ses voisins déraisonner sur l'air et sur ses propriétés, rassembla dans son esprit ce qu'il avait appris, ce qu'il avait pu retenir sur ce sujet intéressant, et vint à leur demander, un jour qu'il faisait grand vent, s'ils seraient curieux de connaître la composition de cet air au milieu duquel nous vivons, que nous ne voyons pas, mais que nous sentons si bien quand il se déplace avec violence. Ils répondirent tous qu'ils en seraient charmés, et ils s'assirent sur le banc à l'abri du gros arbre.

Quoique Pierre se fût préparé quelque temps d'avance, et qu'il sût réellement fort bien ce qu'il voulait enseigner aux autres, il craignait de ne pouvoir s'exprimer assez clairement; il allait être obligé d'employer de nouveaux mots, de parler de gaz, et notre homme ne savait pas trop comment aborder ce sujet; il prit le parti de dire qu'il fallait qu'on le crût sur parole pour cette fois, que plus tard il trouverait bien le moyen de prouver tout ce qu'il allait avancer. On l'écouta avec la confiance qu'il méritait et que chacun avait en lui; il s'expliqua de la sorte:

« L'*air* que nous respirons, et au milieu duquel nous vivons, n'est point un élément, c'est-à-dire un corps simple; il est composé de deux autres corps, invisibles comme lui, mais qui ont chacun des propriétés particulières et même opposées; ces corps qui nous entourent habituellement se nomment *gaz*, et l'air qui entretient notre existence est composé d'un cinquième de *gaz oxygène* et de quatre cinquièmes environ de *gaz azote*. Ce sont là les proportions de l'air pur, c'est-à-dire de celui qui est le plus propre à alimenter la vie et la combustion. Ne vous effrayez point de ces termes, qui sont nouveaux pour vous; il n'y en a point d'autres pour désigner ces objets, et il faudra que je m'en serve encore lorsque je vous parlerai de l'eau, des ballons, des baromètres, etc. Il fallait bien la réunion de ces deux gaz pour former l'air vital, car

2

l'oxygène seul eût été trop vif, il aurait usé la vie comme il dévore les corps enflammés ; et l'azote, au contraire, aurait éteint immédiatement et la vie et la combustion. La Providence a tout prévu. J'ai vu faire cette double expérience à notre école centrale ; j'ai vu brûler et flamber un fil de fer dans l'oxygène pur aussi vite que le fait un fil de coton dans l'air ordinaire ; et j'ai vu mourir subitement de petits oiseaux que l'on plongeait dans des vases qui ne contenaient que de l'azote.

« L'air est huit cents fois plus léger que l'eau ; mais cependant il pèse, car le poids d'un litre d'air est d'environ un gramme et un quart, et l'atmosphère, ou la couche d'air qui entoure la terre, est si épaisse, qu'elle égale le poids d'une couche d'eau qui aurait dix mètres soixante-six centimètres de hauteur : quand j'aurai fini la pompe de mon jardin, je vous démontrerai cela jusqu'à l'évidence.

« Le corps d'un homme de moyenne taille a un mètre cinquante-neuf décimètres carrés, et il supporte une colonne d'air qui pèse plus de seize mille cinq cents kilogrammes ; mais ce fardeau est insensible pour nous, parce qu'il est habituel et qu'il contre-balance l'effort des fluides intérieurs de notre corps, qui tendent continuellement à pousser en dehors.

« Plus l'air est froid, plus il pèse ; plus il est chaud, plus il est léger : aussi l'air chaud tend toujours à s'élever, et se trouve continuellement remplacé par l'air froid, qui est plus pesant que lui, et c'est ce courant continuel qui produit certains *vents*, et qui est la cause du tirage des cheminées et des fourneaux.

« Lorsqu'on s'élève sur les très hautes montagnes, on éprouve un malaise général, qui tient à la diminution du poids de la couche d'air qui nous presse de toutes parts, et qui est moins forte que dans les pays plats voisins de la mer. J'aurai occasion de vous parler encore de cet effet en décrivant le baromètre.

« L'air est indispensable à la combustion ; plus on en fait tomber à la fois sur les corps enflammés, plus ils brûlent avec activité, et tel est l'effet des soufflets domestiques et des soufflets de forges.

« L'air est diaphane et sans couleur lorsqu'il est en petites masses ; mais c'est à lui que nous devons cette belle couleur bleue du ciel que l'œil admire et dont il ne se lasse jamais. L'air propage le son, il le porte au loin ; et c'est encore à lui que nous devons les effets sublimes de la musique, l'écho, le bruit des cloches, etc. La lumière le traverse sans aucun obstacle; il est élastique et compressible, c'est-à-dire que l'on peut, à l'aide de certaines

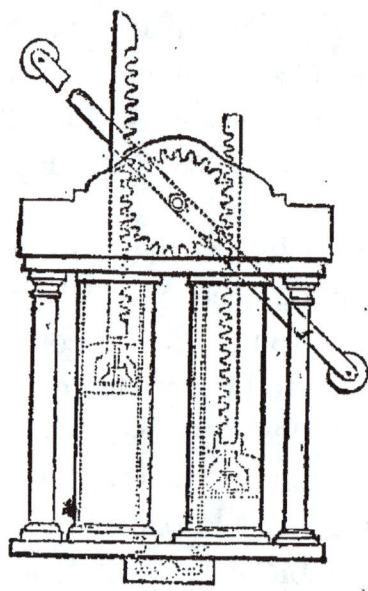

Machine pneumatique.

machines, comprimer ou tasser l'air dans un vase, comme on tasse quelque chose que l'on veut faire entrer dans le plus petit espace possible. Abandonné à lui-même, il reprend sa place, comme tout autre corps élastique.

« On parvient aussi à produire un effet contraire au moyen d'une autre machine; c'est-à-dire que l'on peut soutirer l'air contenu sous une cloche de verre, de manière à l'en priver entièrement, et c'est là ce que les savants appellent faire le vide. Le bon M. Brisson (1) nous faisait toutes ces expériences;

(1) Brisson, professeur de sciences physiques à l'école centrale des Quatre-Nations, et membre de

elles sont encore présentes à ma mémoire. Je me contenterai de vous donner le nom et la figure de ces machines, afin que vous puissiez les reconnaître si elles venaient à frapper vos regards. Mais en voilà bien assez pour aujourd'hui, mes bons amis ; un autre jour nous parlerons, si vous le voulez, du baromètre, des pompes et de plusieurs autres phénomènes,

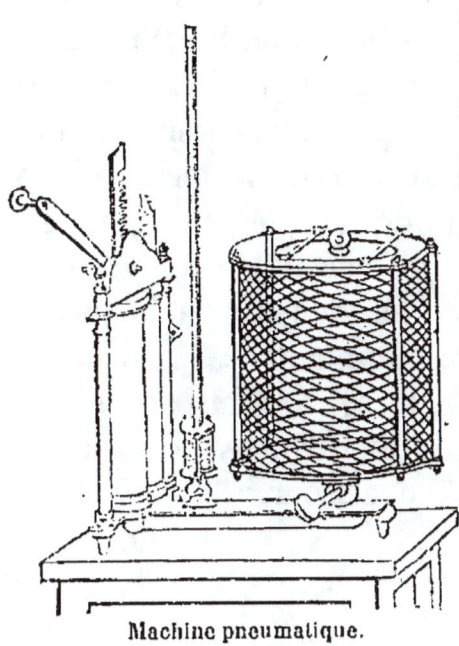

Machine pneumatique.

qui ne sont que des applications ou des conséquences de ce que je viens de vous expliquer. Laissez-moi vous dire cependant encore qu'il ne faut point confondre l'*air* avec l'*atmosphère* : l'air compose la plus grande

---

l'Académie des sciences, est auteur de plusieurs ouvrages élémentaires estimés : il est mort en 1806.

2.

partie de l'atmosphère, mais il est mélangé à une foule d'autres substances gazeuses et légères, parmi lesquelles on distingue l'eau réduite en vapeur, le fluide électrique, la lumière, plusieurs *gaz*, etc. La *fumée*, toutes les émanations des matières en putréfaction, tous les liquides qui s'évaporent ou qui se dessèchent à la surface de la terre, s'élèvent en l'air par suite de leur légèreté, et se mêlent à lui pour former l'atmosphère proprement dite, dont la densité ou la pesanteur va toujours en diminuant à mesure qu'elle s'éloigne de la terre : on lui accorde assez généralement de cinquante-six à soixante-dix kilomètres d'épaisseur. »

CHAPITRE III.

Maître Pierre parle de l'eau et de la neige.

On touchait à l'hiver, il pleuvait depuis plus d'un mois, la rivière et les ruisseaux étaient débordés, tout était froid et humide, la neige couvrait déjà le sommet des montagnes et l'on commençait à veiller chez Maître Pierre, qui, entendant chacun se lamenter sur la durée de la pluie et le débordement des eaux, se mit en devoir d'expliquer ce que c'est que l'eau, la neige, la glace et la vapeur.

« L'eau, dit-il, n'est point un élément, comme on le croyait autrefois, car c'est un fluide composé de deux gaz, comme l'air, c'est-à-dire d'une partie de *gaz oxygène* et de deux parties de *gaz hydrogène*, autrement nommé *gaz inflammable*. Les chimistes se sont assurés de ce fait, d'abord en décomposant l'eau, ensuite en reformant cette même eau par la combinaison des deux gaz dont elle est véritablement composée; en sorte qu'ils ont effacé jusqu'au moindre doute à cet égard.

« L'eau se présente à nous sous trois états différents : à l'état liquide, à l'état solide ou de glace, et à l'état de vapeur.

« L'*eau liquide*, qui nous intéresse le plus, pèse un kilogramme par litre ou mille kilogrammes par mètre cube. On ne peut la comprimer ou lui faire tenir moins de place qu'elle n'en tient naturellement, qu'en employant des moyens extraordinaires. L'eau qui tombe du ciel est à peu près aussi pure que l'eau distillée, et dans cet état, c'est un liquide sans saveur, sans couleur et sans odeur; mais les eaux qui s'échappent du sein de la terre, qui donnent naissance aux sources, aux fontaines, aux ruisseaux, et par suite aux rivières et aux fleuves qui vont se jeter dans la mer, ces eaux tiennent presque toujours quelques substances terreuses ou salines en dissolution; et quand ces substances sont assez abondantes pour donner un goût, ou pour influer sur la santé de ceux qui les boivent, elles prennent le nom d'*eaux minérales*; et quand elles sont naturellement chaudes, on les nomme *eaux thermales.* Notre Auvergne est riche en eaux purgatives et en eaux chaudes, et c'est à nos vieux volcans et à nos eaux du Mont-Dor que nous sommes redevables des visites que les étrangers nous font tous les ans; sans compter notre fontaine de Saint-Alyre de Clermont, qui a la propriété d'incruster tous les objets qu'elle touche, et qui attire ainsi les curieux qui voyagent.

« L'eau salée est plus abondante que l'eau douce, puisqu'elle forme toutes les mers, et que les fleuves et les rivières ne sont rien en comparaison de ces grands réservoirs salés.

« L'eau est le meilleur de tous les niveaux; elle obéit à la moindre pente, se refuse à monter au-dessus de son niveau naturel, et sa pesanteur, jointe à sa vitesse ou à la hauteur de sa chute, est employée à faire marcher non-seulement nos moulins à blé, mais une infinité de forges et de manufactures.

« L'eau, comme la plupart des autres liquides, a la propriété de s'évaporer, surtout quand le soleil darde ses rayons à sa surface. Cette eau qui s'échappe ainsi, se mêle à l'air sans en altérer la pureté; mais cependant, quand elle s'y accumule en trop grande quantité, elle nous dérobe une partie de la lumière, donne naissance aux nuages, aux brouillards, à la pluie ou à la neige. Aucun de vous, je crois, ne peut douter de ce que j'avance ici, car si les mares se tarissent en été, si la lessive de nos femmes se sèche à l'air, si les chemins mouillés et boueux se raffermissent au soleil, tout cela tient au phénomène de l'évaporation naturelle de l'eau.

« Vous comprendrez bien encore qu'il doit s'évaporer beaucoup plus d'eau à la surface de la mer qu'à la surface de la terre; aussi les vents qui nous apportent constamment la pluie sont ceux qui passent sur l'Océan ou sur la Méditerranée. Quand le soleil vient à briller aussitôt après qu'il a plu, vous savez tous que c'est un signe certain qu'il va pleuvoir encore; *c'est une ondée qui chauffe*, dit-on, et voilà encore un effet de ce même phénomène.

« L'*évaporation* de l'eau, la formation des nuages et la pluie, qui en est la suite nécessaire, sont autant de bienfaits de la divine Providence; car les vents chassent les nuages d'un bout du monde à l'autre, et ils répandent ordinairement l'abondance en passant sur nos campagnes, et en arrosant nos champs et nos prairies.

« L'eau, enfin, est un des éléments de l'existence; c'est la boisson naturelle de l'espèce humaine et de la plupart des animaux; c'est le principe essentiel de la végétation; et la privation de ce fluide est l'une des plus grandes calamités que l'on puisse imaginer.

« Je vous montrerai quelque jour comment on peut rendre l'eau la plus sale et la plus dégoûtante aussi claire, aussi fraîche et aussi bonne à boire que celle de notre fontaine. Si je l'oubliais, faites-moi souvenir de ma promesse.

« A demain la neige, la glace et la vapeur : en voilà bien assez pour ce soir. »

CHAPITRE IV.

Maître Pierre parle de la glace et de la vapeur.

« La *glace* n'est autre chose que de l'eau rendue solide par l'effet du froid. Dans ce nouvel état, l'eau a perdu sa fluidité, sa mobilité; elle ressemble à du cristal; elle a augmenté de volume et est devenue plus légère, puisque l'on voit nager les glaçons à la surface des rivières qui charrient, et cette augmentation de volume, cette espèce de gonflement, est la cause qui fait casser nos cruches quand l'eau qu'elles contiennent vient à s'y congeler. L'eau salée, ou l'eau qui est mêlée à quelque liqueur spiritueuse, se sépare et se congèle seule; c'est pour cette raison que les glaçons de la mer ne sont point salés, et que l'on parvient à rendre le vin fort et spiritueux en le faisant geler et en le soutirant avant le dégel; c'est un moyen d'en séparer la partie aqueuse.

« Il existe des masses immenses d'eau gla-
cée sous les pôles, et les voyageurs qui na-
viguent dans les mers du nord rencontrent
souvent des montagnes flottantes de glaces,
et finissent par être arrêtés au milieu des glaçons, qui ne leur permettent plus d'avancer.

« La *neige* est le produit d'un brouillard
épais que le froid change en une infinité de
petits glaçons imperceptibles qui, en se réu-
nissant, forment le plus ordinairement de légers flocons irréguliers qui tombent avec plus
ou moins d'abondance, et qui couvrent la
terre d'une couche plus ou moins épaisse,
dont l'effet est de préserver du plus grand
froid les végétaux qu'elle cache. Il arrive
quelquefois, et principalement quand l'air est
tranquille, que chaque particule de neige a la
forme d'une jolie petite étoile à six rayons
d'une délicatesse extrême, qui ressemblent à
de petites plumes.

« La neige se durcit à la longue, ou par
l'effet d'un grand froid ; elle se change même
en glace quand elle est fortement comprimée.
Dans les pays où il en tombe encore plus que
chez nous, comme en Suisse et en Savoie, il
y a des montagnes où la neige ne fond jamais,
et c'est elle qui donne naissance aux *glaciers*,

3

qui sont des amas énormes de glace qui s'étendent dans les vallées et jusqu'au milieu des champs cultivés. Quand la neige s'amasse sur des pentes très rapides, il arrive un moment où elle ne peut se soutenir, et alors il se fait ce que l'on nomme dans ces pays une *avalanche*, c'est-à-dire une sorte d'éboulement de neige qui entraîne, couvre ou écrase tout ce qui se rencontre sur son passage.

« Je vous dirai une autre fois comment les Savoyards s'y prennent pour faire fondre la neige qui couvre leurs jardins quelques jours plus tôt qu'elle ne le ferait naturellement.

« *L'eau réduite en vapeur* au moyen du feu que l'on entretient sous un vase ou par l'effet de la chaleur du soleil, tient plus de mille sept cents fois autant de place que l'eau liquide, c'est-à-dire qu'un mètre cube d'eau produit mille sept cents mètres cubes de vapeur ; et c'est à cause de cette grande augmentation de volume et de la force énorme qui en est le résultat, que la vapeur d'eau devient capable de produire des effets beaucoup plus étonnants que ceux de la poudre à canon.

« Dans le temps où j'étais à Paris, il existait déjà des pompes à feu qui servaient à distribuer l'eau de la Seine dans plusieurs quartiers de la ville, et ces machines étaient mises en mouvement par la vapeur de l'eau que l'on faisait bouillir dans une grande chaudière. Mais aujourd'hui cette nouvelle force, qui remplace avantageusement celle des cours et des chutes d'eau, celle des chevaux, et à plus forte raison celle des hommes, est employée à faire marcher toute espèce de machines. Il y a quelques années la France possédait peu de machines à vapeur, et aujourd'hui elles sont appliquées dans toutes les grandes usines, dans toutes les manufactures; nos scieries sont mues par la vapeur, nos paquebots sont mis en mouvement par des machines à vapeur très puissantes; nous avons vu des fabriques de papier fonctionnant au moyen de machines à vapeur et des livres imprimés par ces étonnantes machines. La feuille se trouve imprimée des deux côtés avec une incroyable rapidité; c'est ce qui permet aujourd'hui d'imprimer à si bon marché des livres pour les écoles. »

CHAPITRE V.

Maître Pierre parle de la lumière.

Un fameux oculiste avait rendu la vue au curé du village par l'opération de la cataracte ; tout le monde parlait de cette cure admirable, de l'adresse avec laquelle il avait opéré, et chacun cherchait à en expliquer la cause. On pense bien que notre bon Pierre ne fut pas le dernier à s'en entretenir avec ses voisins, et à force de le faire, il fut amené à parler de la lumière en général. Mais Pierre avoua que cette partie de la physique lui avait toujours semblé si difficile, qu'il n'avait jamais pu classer dans sa tête que les faits les plus aisés à retenir et à expliquer. Pierre se méfie de lui, et c'est la preuve qu'il sait beaucoup.

« Le soleil, dit-il, est pour notre globe la première source de la lumière, car la lune et quelques astres que l'on appelle planètes, ne font que réfléchir la lumière qu'elles reçoivent de cet astre. Le feu, la combustion et plusieurs autres phénomènes produisent aussi de la lumière, dont les propriétés sont les mêmes que celle qui provient directement du soleil, et ce sont ces propriétés que je vais tâcher de vous expliquer.

« La vitesse avec laquelle la lumière traverse l'espace qui nous sépare des corps qui la produisent est telle, qu'elle parcourt en huit minutes treize secondes la distance moyenne de la terre au soleil, c'est-à-dire plus de quinze millions de myriamètres, cent trente mille myriamètres par seconde, tandis que *le bruit* ou *le son*, qui paraîtrait devoir être aussi fin et aussi subtil que la lumière, ne parcourt que trois cent quarante mètres par seconde; donc il marche neuf cent mille fois moins vite qu'elle. Je suis sûr de l'exactitude de ces chiffres, car je les ai trouvés si curieux, que je les ai écrits dans le temps sur ce porte-feuille; copiez-les, si vous voulez. C'est en raison de cette différence de vitesse entre la marche de la lumière et du son, que vous voyez toujours de loin le feu d'un fusil avant d'en entendre le bruit, et que l'on peut juger de l'éloignement d'un orage par le temps qui

3.

s'écoule entre l'éclair et le coup. Quand vous regardez de loin un homme qui fend du bois, vous voyez souvent qu'il a relevé sa cognée avant d'en avoir entendu le bruit : cela tient encore à la même cause, etc.

« La lumière, à partir de l'objet qui la produit, s'élance au loin sous la forme d'une infinité de traits ou de rayons lumineux qui vont toujours en s'écartant les uns des autres, de manière à pouvoir éclairer de grands espaces ; mais aussi plus les corps en sont éloignés et moins ils sont éclairés : ainsi, par exemple, une carte qui sera trois fois plus éloignée qu'une autre d'une chandelle allumée, sera neuf fois moins éclairée que celle qui en est la plus proche.

« Vous vous êtes trouvés plus d'une fois dans une chambre fermée, où le soleil ne pénétrait que par les trous des volets, et vous avez remarqué probablement que la lumière formait dans l'obscurité des espèces de rayons ou traits lumineux qui traçaient sur le mur ou sur le plancher des places rondes éclairées et brillantes. Hé bien, mes amis, il paraît que la lumière est ainsi composée ; car lorsque les savants veulent faire leurs expériences, ils s'enferment dans une chambre noire tête à

tête avec un de ces rayons, et là, ils lui font
subir toutes sortes d'épreuves, soit au moyen
de verres plats, de verres bombés ou lenticu-
laires, soit au moyen de miroirs ou de morceaux de cristal qui ont la forme d'un coin, à
travers lesquels ils le font passer et repasser; et
c'est à l'aide de toutes ces expériences qu'ils
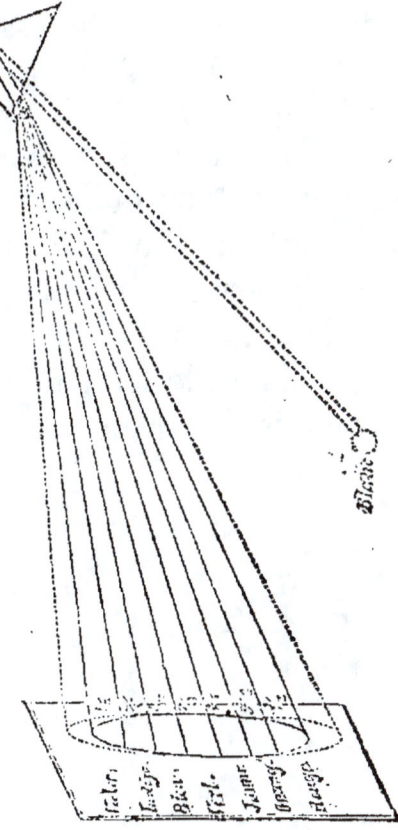
sont parvenus
à expliquer d'u-
ne manière as-
sez satisfaisan-
te comment s'o-
père la vision
chez l'homme
et chez les ani-
maux, et com-
ment il se fait
que cette lu-
mière blanche
qui nous éclai-
re est compo-
sée de sept es-
pèces de ray-
ons différem-
ment colorés
et qui prêtent à
chaque objet la couleur qui lui est propre.

« Ces sept couleurs, que l'on nomme pri-
mitives, parce qu'elles servent à former toutes
les autres, sont : le *violet*, l'*indigo*, le *bleu*, le
vert, le *jaune*, l'*orangé*, et le *rouge* ; or, pour
séparer ces couleurs, il suffit de barrer le
chemin au rayon de la chambre noire dont je
vous ai parlé, en le forçant de passer à travers
un coin de cristal : ces messieurs appellent cet
instrument le *prisme*. Alors, au lieu d'obtenir
une place blanche et brillante sur le mur, ou
à une image ovale décorée de ces mêmes couleurs que nous admirons dans l'arc-en-ciel,
dans les iris, et qui sont produites par les
gouttelettes de la pluie, de la rosée du matin,
par les jets d'eau ou les cascades de nos montagnes frappés par les rayons du soleil, qu'ils
décomposent tout comme le feraient autant
de petits prismes de cristal... A demain. »

CHAPITRE VI.

Continuation du même sujet.

« Pour en revenir à ce que je vous disais hier au sujet des couleurs, vous saurez que tous les corps ou les objets qui nous entourent n'agissent pas de même sur la lumière, qui, je vous le répète, est composée de rayons colorés de sept manières différentes.

« Les uns absorbent ou anéantissent tous les rayons de cette lumière, ils ne nous en renvoient aucun ; ce sont les *corps noirs*, qui ne sont visibles que par l'opposition qu'ils forment avec les autres, et qui ont la propriété de s'échauffer beaucoup plus vite que les corps blancs.

« Les autres les réfléchissent tous ou les renvoient à notre œil ; ce sont les *corps blancs*, qui s'échauffent aussi beaucoup plus lentemen que les noirs.

« D'autres en absorbent une partie et nous renvoient le reste ; ce sont les corps colorés en général, tels que les fleurs, les papillons, les étoffes, etc. ; et ce ne sont que les rayons qui nous sont ainsi renvoyés qui font que nous trouvons que telle fleur est rouge, que l'herbe est verte, etc. Ainsi le coquelicot absorbe tous les rayons, excepté les rouges, tandis que le bleuet ne nous renvoie que les rayons bleus. Quelle en est la cause ? Je l'ignore. Quant aux couleurs composées, telles que le jaune de la capucine, le bleu du lilas, le rouge de la giroflée, elles sont produites par le mélange de deux ou trois espèces de rayons, comme on parvient à les imiter par la peinture, en mêlant ensemble deux ou trois couleurs différentes.

« Les *corps transparents*, tels que l'air, l'eau, le verre, le cristal, se laissent traverser par la lumière, mais en lui faisant éprouver un changement dans sa route, quand ses rayons y entrent obliquement ; mais ils reprennent leur première direction quand ils sortent par une face parallèle à la première. Ainsi, un bâton plongé dans l'eau paraît brisé, tandis que, vu à travers un carreau de vitre, il conserve sa forme.

« Les glaces étamées, c'est-à-dire couvertes d'un seul côté d'un amalgame de mercure et d'étain, ont la propriété de répéter l'image de tous les objets placés devant elles. Il est nécessaire pour obtenir ce résultat qu'elles soient bien polies, ce qui s'opère en répandant entre deux glaces que l'on frotte ensemble, d'abord du sable, et ensuite de l'émeril ; on donne le dernier poli avec une substance nommée oxyde d'étain. La France fait un grand commerce de glaces : elles sont coulées à Saint-Gobin ; on les étame et on les polit à la manufacture royale de Paris.

« Les verres transparents dont la forme approche de celle d'une graine de lentille, ont la faculté de rassembler les rayons lumineux dans un plus petit espace, de concentrer leur chaleur à tel point, que ces lentilles ardentes peuvent mettre le feu à la poudre à canon, et cela toutes les fois qu'elles sont disposées d'une manière convenable par rapport aux rayons du soleil ; c'est ainsi que l'on a fait de petits *canons* que l'on charge le matin et qui partent à midi juste. Certains miroirs creux produisent des effets plus grands encore, mais par une autre cause.

« Voici une de ces lentilles ardentes qui ont

la propriété de grossir ce que l'on regarde à travers. Je vais l'exposer au soleil, faire tomber son foyer sur cet as de pique, et vous allez voir que la carte va se percer dans cette place noire, et que je l'essaierai en vain sur la partie blanche, tant il est vrai que la couleur noire absorbe les rayons, et que le blanc les repousse.... A demain encore. »

CHAPITRE VII.

Continuation du même sujet.

« Pour achever ce dont je puis me souvenir au sujet de la lumière, je vous dirai qu'il entre dans la composition de notre œil différentes subtances plus ou moins transparentes, qui modifient la marche de la lumière, mais une entre autres, que l'on nomme *cristallin*, qui ressemble en effet à du cristal par sa limpidité, et dont la forme est celle d'une lentille; eh bien, mes amis, c'est ce cristallin qui était devenu opaque dans les yeux de M. le curé, qui le rendait aveugle, et que l'oculiste lui a enlevé avec tant d'adresse. Il ne verra jamais aussi bien que dans l'état de santé, car la nature ne fait rien d'inutile; mais il verra à se conduire, et c'est déjà beaucoup.

« Quand on place devant une lumière un corps opaque, tel qu'une pierre, une planche,

ou tout autre objet de ce genre, il se forme
en arrière une place plus ou moins noire que
l'on nomme *ombre*. Telle est la cause des
éclipses, qui sont produites tantôt par l'ombre
de la terre sur la lune, et tantôt par l'ombre
de la lune sur la terre; et cela arrive toutes
les fois que le soleil, la terre et la lune se
trouvent sur la même ligne, parce que dans
ce cas il faut absolument que la terre ou la
lune se cachent la lumière du soleil.

« Plus la lumière est vive et brillante, plus
l'ombre produit par l'objet qui la cache est
intense, forte ou noire. C'est ainsi que l'on
peut s'assurer si deux lampes, deux chan-
delles, deux cierges ou deux bougies, éclai-
rent de même ou inégalement : il suffit pour
cela d'étendre une feuille de papier sur une
table, de piquer une épingle au milieu, et de
placer les deux lumières que l'on veut éprouver à distance égale de l'épingle : à l'instant
il se forme deux *ombres*, et celle qui est la
plus forte provient de la lumière qui éclaire
davantage.

« Je suis loin de vous avoir raconté tout ce
qui tient à l'histoire de la lumière, ma mémoire ne me sert pas aussi bien que je le
voudrais; mais je dois vous dire encore que

c'est en tirant parti de toutes ces observations, en combinant les effets les uns avec les autres, que l'on est parvenu à construire cette foule d'instruments d'optique, ces lunettes d'approche qui nous font reconnaître un homme à de grandes distances, ces télescopes qui ont permis de découvrir des montagnes dans la lune, ces microsco-pes qui nous ont mis à mê-me d'obser-ver une mul-titude de pe-tits animaux dont on ne pouvait soup-

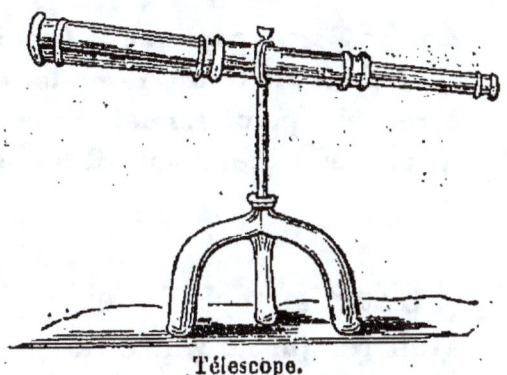

Télescope.

çonner l'existence, et qui, sans leur secours, se seraient dérobés pour toujours à nos yeux, tant leur petitesse est prodigieuse; enfin, c'est à l'étude de la lumière que les astronomes sont redevables de plusieurs découvertes importan-tes, et c'est encore à cette même étude que l'on doit l'explication des illusions d'optique qui trompent notre œil malgré toutes ses per-fections, et dont je regrette de ne pouvoir vous expliquer le mécanisme admirable. »

CHAPITRE VIII.

Maître Pierre explique le brouillard, les nuages, la pluie, le tonnerre et les éclairs; il dit qu'il ne faut point sonner les cloches ni se cacher sous les arbres quand il tonne.

C'était au mois de juillet; le brouillard, qui avait rempli la vallée dès le matin, avait fait place au soleil le plus brûlant; la journée avait été excessivement chaude, le ciel était chargé, et tout faisait craindre un terrible orage pour la nuit.

Pierre et ses amis étaient réunis, la disposition du ciel et des esprits amena tout naturellement la conversation sur le phénomène le plus imposant qu'il nous soit permis d'observer.

« Le *brouillard* qui remplissait ce matin toutes nos vallées, dit Maître Pierre, et que vous avez traversé en allant à la montagne, n'était qu'un nuage analogue à ceux que vous voyez tous les jours au ciel; car, comme le disait M. Monge (1), un brouillard est un nuage dans lequel on est, et un nuage est un brouillard dans lequel on n'est pas. En effet, la *pluie* tombe toujours des nuages, et toutes les fois qu'un brouillard devient trop épais, il mouille et se change en pluie. Il est probable que les nuages bas ou brouillards du matin, pompés ou absorbés par la chaleur du soleil, contribuent beaucoup à la formation des orages.

« Les *nuages* ne sont donc composés que d'eau presque réduite en vapeur; et quant à leurs formes, à leur étendue, à leurs couleurs, tout cela dépend de leur éloignement plus ou moins grand, de la manière dont le soleil ou la lune les éclaire, de leur épaisseur, et de plusieurs autres causes accidentelles. Ce qui est certain, c'est qu'il n'y a point de tonnerre et d'éclairs sans nuages; d'où il faut conclure

(1) Savant mathématicien, créateur de la géométrie descriptive et l'un des fondateurs de l'École polytechnique, mort en 1818,

4.

que l'air chaud a besoin d'être surchargé d'eau pour qu'il y ait orage proprement dit. Le brouillard de ce matin, qui a été absorbé par le soleil, a donc fortement contribué à l'état présent du ciel.

« Les *éclairs* qui brillent actuellement en traversant ce gros nuage noir qui s'étend l'horizon, sont produits par un fluide particulier que l'on nomme *fluide électrique*, et qui se développe dans l'air, particulièrement quand il fait chaud. Ce fluide, qui manifeste sa présence par une lumière si vive, est aussi la cause du *tonnerre* : c'est lui qui se précipite si souvent sur la terre, et qui tombe de préférence sur les édifices pointus et sur les arbres; c'est là matière de la foudre, enfin, car c'est une erreur de croire que le tonnerre tombe tantôt en eau, tantôt en feu, tantôt en pierre : il tombe bien des pierres du ciel, ainsi que je vous l'expliquerai peut-être un jour, mais ce phénomène n'a rien de commun avec nos orages.

« On est tellement certain que la foudre et le fluide électrique sont de même nature, que l'on est parvenu à soutirer ce fluide du ciel, qu'on l'a étudié avec des instruments particuliers, et qu'il s'est trouvé semblable en tout

au fluide électrique artificiel que l'on produit
à volonté, dans les cabinets de physique, au
moyen de divers instruments, dont voici les
principaux, et avec lesquels plus tard nous

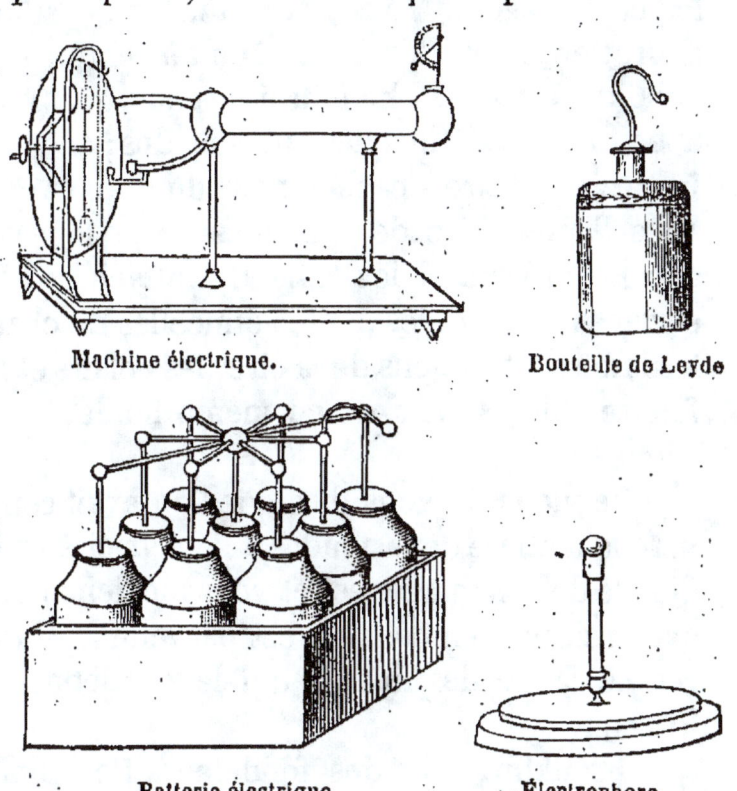

Machine électrique. Bouteille de Leyde

Batterie électrique. Électrophore.

ferons quelques expériences. On est même ar
rivé au point d'imiter, quoique d'assez loin
encore, les terribles effets de la foudre, car on
peut en accumuler une assez grande quantité
pour tuer un bœuf.

« L'*électricité* existe dans la plupart des corps ; il ne faut que les chauffer ou les frotter pour que ce fluide devienne sensible à l'œil, soit par des étincelles, soit en attirant les corps légers. Vous savez tous qu'il suffit de frotter le dos d'un chat la nuit à rebrousse-poil, quand il fait bien froid, pour que l'on aperçoive des étincelles sur son dos ; si vous frottez de la cire à cacheter sur du drap et que vous l'approchiez de quelques corps légers, elle les attirera et les retiendra attachés à sa surface : hé bien, les petites étincelles du chat, les faibles attractions de la cire, les éclairs et la foudre, dépendent de ce même fluide électrique.

« Je viens de vous dire que l'on avait comparé la matière de la foudre à l'électricité artificielle de nos machines, et vous me demandez avec raison comment on est parvenu à soutirer ce fluide des nuages qui le contiennent ; le voici :

« Franklin, l'un des fondateurs de l'indépendance américaine et qui était aussi l'un des plus savants physiciens de son temps, ayant remarqué que les corps pointus soutiraient l'électricité de nos machines avec une telle force qu'ils en atténuaient les effets presque subitement, imagina de soutirer la foudre par le même moyen; et en cela il avait deux points de vue également excellents : celui de diminuer le danger de l'orage pour tous, et de garantir les édifices qui seraient porteurs de ces pointes de fer que l'on nomme *paratonnerres*. Comme j'ai l'espoir de parvenir un jour à en faire poser un sur notre clocher, je remets à cette époque à vous parler plus au long de cette belle invention; en attendant, mes amis, souvenez-vous bien que les métaux sont les meilleurs conducteurs de l'électricité, que la foudre tombe plus souvent sur les pointes de fer ou de tout autre métal, qu'elle les suit de préférence aux autres corps, tandis que le verre, la soie, la cire et quelques autres substances, se refusent à son passage. Rappelez-vous surtout qu'il est excessivement dangereux de se mettre à l'abri sous les arbres et de sonner les cloches quand le tonnerre est près de nous; car les arbres sont autant de pointes dans l'espace, et le plus léger ébranlement dans l'air peut déterminer la foudre à se précipiter plutôt sur tel point que sur tel autre. Enfin, l'orage est d'autant plus proche, que le tonnerre suit de plus près l'éclair qui le précède toujours; car vous savez que la lumière marche bien plus vite que le son.

« Ainsi, vous le voyez, mes bons amis, l'orage approche, l'éclair et le coup se suivent de près ; notre bel arbre sous lequel nous sommes réunis pourrait nous devenir funeste.... Séparons-nous. »

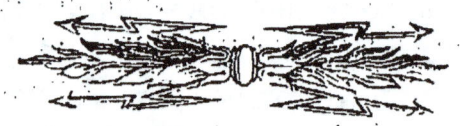

CHAPITRE IX.

Maître Pierre parle du froid et du chaud, et décrit le thermomètre.

On discutait un soir au village sur le grand froid qui régnait depuis plusieurs jours : les uns disaient qu'il n'était pas encore aussi fort que celui de 1788, et les autres assuraient le contraire ; on aurait volontiers fait des gageures, mais le moyen de prouver manquait à chacun, et l'on ne paria pas, ce qui n'est pas un grand mal, car la gageure est un jeu de hasard. Alors la conversation changea de tour, et l'un des assistants s'étant rappelé que Maître Pierre avait une petite machine qui servait à mesurer le froid et le chaud, l'on s'achemina vers sa maison, et l'on s'installa autour de la grande table de noyer qui remplaçait le banc d'été pendant tout l'hiver.

« Nous venons, Maître Pierre, vous prier de nous montrer la petite machine que ce monsieur de Paris vous a envoyée et qui marque le chaud et le froid. — Avec plaisir, mes bons amis ; je vais la rentrer, car elle est accrochée en dehors de ma fenêtre ; la voici. Mais remarquez bien vite le point où cette liqueur rouge est arrêtée : c'est là, précisément à quinze degrés au-dessous de zéro. Plaçons-la ici, et dans un moment nous la regarderons de nouveau, afin que nous sachions quelle est la température de la chambre où nous sommes.

« Vous n'êtes pas hommes à vous contenter de voir cet instrument pour ne satisfaire ainsi que la curiosité de vos yeux ; vous voudrez le connaître plus à fond, et je vais tâcher de me rappeler tout ce que j'ai entendu dire à ce sujet au bon et respectable M. Brisson, qui faisait le cours de physique à notre école centrale.

« Le *calorique* ou la *chaleur*, ce qui est la même chose, ne peut pénétrer un corps quelconque sans le faire augmenter de volume, de grosseur, de longueur, etc.; en sorte qu'il tient plus de place à mesure que la chaleur s'accumule ou que le corps devient plus chaud.

« Par un effet inverse ou contraire, lorsque la chaleur diminue, lorsque le corps se refroidit, il se retire sur lui-même ; il tient d'autant moins de place qu'il est plus froid. Cette différence de chaleur ou de froid se nomme *température*, et l'on dit, en parlant d'un objet très chaud, que sa température est très élevée, et d'un corps froid, que sa température est basse. Rappelez-vous que lorsque l'on met en contact deux corps de température différente, ces deux objets tendent à se mettre au même degré : le plus chaud cède de sa chaleur, et le plus froid lui en emprunte. Serrez cette clef dans votre main, et vous aurez bientôt la preuve de ce que je vous dis.

« Actuellement examinons notre instrument, que l'on nomme *thermomètre*, et qui sert à déterminer si un corps, un liquide, un jour, est plus ou moins chaud qu'un autre.

« La pièce principale est un tube de verre ou plutôt une petite fiole dont le col est excessivement allongé et qui est rempli de mercure (vif-argent) ou d'esprit-de-vin coloré en rouge, qui ne se gèle jamais ; l'extrémité du col a été bouchée après que la liqueur a été introduite, et l'on en a même chassé l'air, afin qu'il ne contrariât pas le jeu du liquide, qui doit s'é-

5

lever ou s'abaisser suivant la température au milieu de laquelle on le plonge; car cette liqueur, comme tous les autres corps, augmente ou diminue de volume, suivant qu'elle s'échauffe ou qu'elle se refroidit.

« Ce tube doit être est attaché sur une petite tablette de bois sur laquelle on a tracé des traits noirs également éloignés, et c'est chacun de ces espaces qui se nomme *degré*.

« J'ai séparé de sa tablette le tube qui en occupait le milieu dans toute sa longueur, afin de pouvoir donner sur un seul morceau de bois l'explication des différents thermomètres; car je dois vous dire que cet instrument n'est pas divisé en même nombre de degrés dans tous les pays.

« On distingue trois espèces de thermomètres; le thermomètre centigrade, celui de Réaumur et celui de Farenheit.

« Dans le thermomètre centigrade, l'intervalle compris dans la longueur du tube est divisé en cent parties, et en quatre-vingts dans celui de Réaumur.

« Le thermomètre Farenheit, qui est particulièrement employé dans les pays où prévaut la langue anglaise, est divisé en deux cent douze parties.

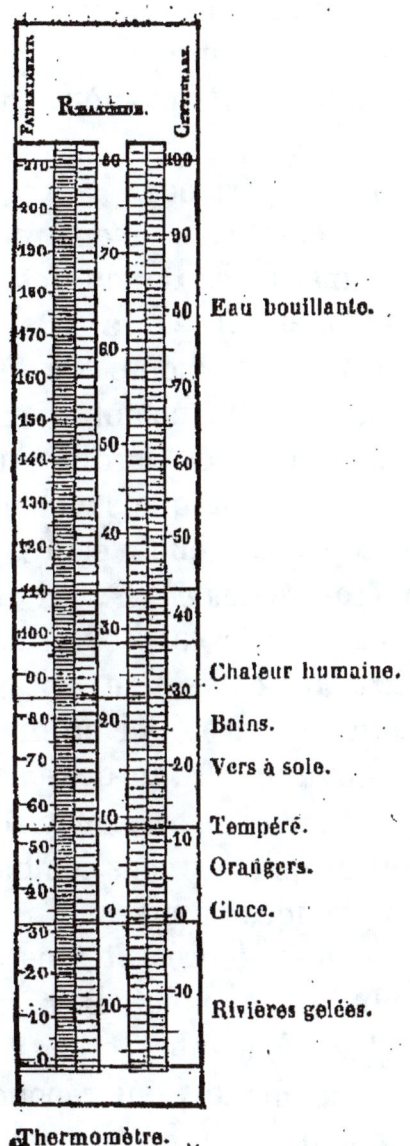

Thermomètre.

Eau bouillante.

Chaleur humaine.

Bains.

Vers à soie.

Tempéré.

Orangers.

Glace.

Rivières gelées.

Tube de verre.

« On voit par là combien il est important, quand on cite une température, de ne point omettre la désignation du thermomètre dont on s'est servi.

« Revenons à notre expérience.

« Quand tout à l'heure nous avons rentré le thermomètre, il marquait 15° au-dessous de zéro, et actuellement il est à 10° au-dessus ; donc la liqueur a monté de 25°, donc la température de cette chambre est à 25° au-dessus de celle de mon jardin. Aussi il vous a semblé en entrant que la chaleur était excessive, et cependant elle n'est réellement qu'à la température des *caves*, qui vous semblent si fraîches en été ; car vous saurez que la *température des caves* tant soit peu profondes ne change ni en été ni en hiver ; elle est toujours à environ 10° au-dessus de zéro, et ce n'est que par comparaison avec la température du dehors qu'elles nous semblent fraîches en été, ou chaudes en hiver.

« Pour placer tous ces degrés et tous ces chiffres, on est parti de deux points bien connus, savoir : la glace fondante, qui est le point zéro, et l'eau bouillante, qui répond à 80° au-dessus de ce point zéro ; et en effet, si vous plongez l'instrument dans de la neige fondante, la liqueur descendra à zéro et s'y arrêtera, et si vous le placez dans l'eau bouillante, elle s'élèvera jusqu'au point 80° et ne le dépassera pas : ainsi les degrés qui sont au-dessus de zéro marquent la chaleur, et ceux qui sont au-dessous marquent le froid.

« Voici maintenant ce que l'on a voulu indiquer par les mots que vous lisez du haut en bas de la tablette.

« Vis-à-vis 80° on a écrit *eau bouillante*, parce que c'est là, comme je viens de vous le dire, que la liqueur ou lé mercure monte et s'arrête quand on trempe le pied du thermomètre dans de l'eau bouillante.

« *Chaleur humaine* se trouve vis-à-vis 32°. C'est la température de l'intérieur du corps, celle des lits, etc.

« *Bains* répond à 26°. C'est la température des bains que l'on conseille ordinairement aux malades.

« *Vers à soie* à 19°. C'est la température qui convient à ces animaux, et qu'il faut entretenir dans la chambre où on les élève.

« *Tempéré* est à 10°. C'est la température des caves.

« *Orangers* est à 6°, et c'est en effet le degré de chaleur qu'il convient de donner aux orangeries.   5.

« *Glace* enfin est le point zéro, qui sépare les degrés du froid des degrés de chaleur.

« *Rivières gelées.* On a remarqué que la Seine se prend à Paris à environ 6° au-dessous de zéro ; il y a quelques exceptions à cette règle, même en France.

« Enfin, les grands hivers sont également marqués pour servir de terme de comparaison, et vous voyez que le froid a été de 18° trois quarts au-dessous de zéro en 1788, tandis qu'il n'est aujourd'hui qu'à 15°. Ainsi ceux d'entre vous qui croyaient que le froid actuel était plus fort qu'en 1788, se trompaient.

« En 1740, le froid fut si violent en Russie, que l'on construisit un palais de glace de dix-sept mètres de longueur sur cinq mètres et demi de largeur : les glaçons de la Newa, d'où l'on retira les blocs pour construire les murs, avaient un mètre d'épaisseur. On façonna six canons en glace avec leurs affûts et leurs roues : les boulets étaient du poids de trois kilogrammes en fer. Les canons furent tirés et n'éclatèrent pas.

« Le thermomètre descend en Sibérie jusqu'à soixante-dix degrés au-dessous de zéro. »

On allait se séparer, quand on entendit des éclats de rire et des miaulements lamentables

dans le cabinet voisin; c'était le neveu de
Pierre et ses camarades qui tiraient des étincelles électriques en frottant le dos du chat à
rebrousse-poil et dans l'obscurité. Ces petits
physiciens prouvaient au moins, par leur es-
piéglerie, qu'ils n'avaient pas oublié ce que le
bon Pierre leur avait dit cet été; car c'est
justement quand il fait bien froid que cette
expérience réussit le mieux.

CHAPITRE X,

Maître Pierre explique la boussole et ses usages.

Une petite caisse que Maître Pierre reçut de Paris, de la part d'un savant voyageur français auquel il avait servi de guide, renfermait une boussole, un thermomètre et un baromètre.

Le nouveau possesseur de ce petit trésor s'était empressé de montrer ces jolis instruments à ses amis, et leur avait promis de les leur faire connaître en détail dès que l'occasion s'en présenterait. Il commença par la *boussole*.

Pierre n'est pas fort en astronomie, mais il sait cependant que la terre est ronde, qu'elle a 40,000 kilomètres de circonférence.

Que la terre tourne sur elle-même en vingt-quatre heures, ce qui produit la nuit et le jour, et qu'elle tourne ensuite autour du soleil en trois cent soixante-cinq jours cinq heures quarante-huit minutes cinquante-une secondes, ce qui produit la révolution annuelle et par suite la succession des saisons. « Ce double mouvement peut se comparer, dit-il, à celui d'une personne qui valse en tournant à la fois et sur elle-même et autour de la salle ; mais ce dernier mouvement de la terre est si rapide, qu'elle parcourt cent cinquante-huit myriamètres par minute, ou vingt-six kilomètres par seconde. »

Pierre sait aussi que la lumière et la chaleur nous viennent du soleil, qui est treize cent vingt-huit mille quatre cent soixante fois plus volumineux que la terre, dont il est éloigné de 15,100,000 myriamètres.

Que la lune est quarante-neuf fois moins grande que notre terre, dont elle est éloignée de 37,800 myriamètres, et produit sur notre planète le mouvement périodique des mers que l'on nomme *marées*.

Pierre sait enfin que l'*étoile polaire*, qui termine la queue de la constellation nommée *petite ourse*, répond directement à l'un des points de la terre qui s'appelle *pôle nord glacial* ou *boréal*, et que c'est là le *nord vrai*, qui est toujours marqué par l'une des extrémités de l'aiguille de la boussole, à une différence près, que l'on nomme *déclinaison*, et que les savants savent apprécier. C'est en admirant cette multitude d'étoiles qui brillent au ciel par une belle nuit d'hiver que Pierre fut amené à parler de l'étoile polaire, du pôle nord, des quatre points cardinaux, et par conséquent de la boussole.

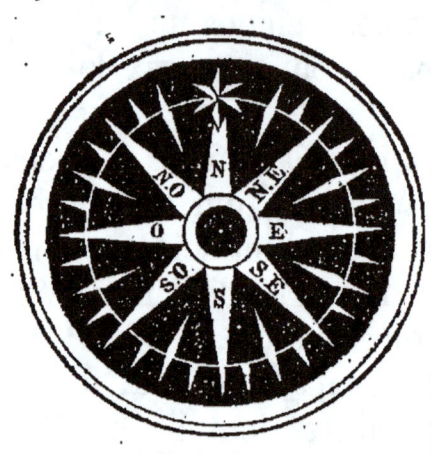

Boussole.

« Plusieurs nations se disputent l'honneur d'avoir inventé la boussole; mais il paraît que c'est à la Chine qu'il faut en chercher l'origine. On dit que la première boussole de ce pays fut une pierre d'aimant enfermée dans une petite boîte suspendue à un fil, dont un des côtés se tournait toujours vers le nord. Aujourd'hui la boussole est, comme vous le voyez, une boîte plate et ronde en cuivre, au centre de laquelle est une *aiguille d'acier aimanté* qui tourne en équilibre sur une pointe, et dont la mobilité est très grande. Souvent on donne à l'aiguille la forme d'une flèche, dont le dard indique le nord ; dans celle-ci c'est le côté bleu.

« Cette aiguille est donc l'ame de la boussole, car tous ces cercles, ces lignes et ces
chiffres n'y sont gravés que pour en facili-
ter l'usage dans la marine, le lever des
plans, etc.

« Il vous tarde à présent de savoir à quoi
tient la singulière propriété dont jouit cette
aiguille de se diriger ainsi suivant la ligne
nord et *sud*, quelle que soit la position que
nous donnions à la boîte : voyez vous-mêmes
si vous parviendrez à la tromper en changeant
sa situation ; voyez comme elle tourne et
comme elle revient prendre sa première place.
Hé bien, cet effet est dû au *magnétisme :* le
magnétisme est un fluide analogue à l'électricité, qui, comme vous le savez, est la matière
de la foudre ; mais le magnétisme est moins
brillant dans ses effets apparents, car il ne
manifeste sa présence que par des attractions
ou des répulsions, c'est-à-dire qu'en forçant
un morceau de fer aimanté à attirer ou à re-
pousser une aiguille de boussole, qu'en attirant à lui de la limaille de fer, des aiguilles à
coudre, etc. » Pierre tira de sa poche un couteau qu'il avait fait aimanter, et il fit aussitôt
l'expérience en attirant ou repoussant à volonté
l'une ou l'autre des extremités de l'aiguille de

la boussole, même à travers le verre qui la couvrait.

Le petit auditoire était en admiration, mais Pierre s'aperçut bientôt qu'il ne comprenait rien de tout ce qu'il lui avait expliqué; et comme il entendit chuchoter le mot de miracle et de sorcier, il s'empressa de s'expliquer plus complétement et le plus clairement qu'il put.

« La source du magnétisme est dans le fer et dans les pierres qui contiennent une forte dose de ce métal, dans les minerais, par exemple. J'ai vu au cabinet de l'École un morceau de mine de fer de Suède qui produisait sur l'aiguille aimantée le même effet que vous venez de voir produire à mon couteau. J'ai vu aussi dans le même temps retirer de l'église Sainte-Geneviève de Paris des morceaux de fer qui avaient servi à sa construction, et qui s'étaient aimantés naturellement, par suite du temps qu'ils avaient passé dans la même situation. On dit encore que tous les morceaux de fer qui ont été frappés par la foudre s'aimantent naturellement. Vous voyez donc, mes bons amis, que le magnétisme est un fluide qui existe dans la nature, et qui siége particulièrement dans le fer; mais ce qui est admirable, c'est qu'un morceau d'acier peut en aimanter un autre sans qu'il perde rien de sa force, et c'est ainsi que l'homme est parvenu à se procurer des aiguilles de boussole, des barreaux et des aimants artificiels, etc.

« J'ai vu une *pierre d'aimant*, qui n'était pas plus grosse qu'une pomme, qui était entourée d'une armure de fer faite en conséquence, et qui portait près de cinquante kilogrammes, et cela seulement par suite de la force avec laquelle elle adhérait au fer. »

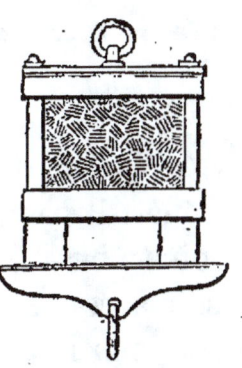

Pierre d'aimant.

Le bon Pierre, après avoir expliqué comment on pouvait, à l'aide de la boussole, parcourir les mers sans s'égarer, partir d'un lieu pour aller à un autre sans se tromper le moins du monde, termina sa soirée en aimantant les couteaux de ses voisins, qui furent se coucher en rêvant à la boussole.

CHAPITRE XI.

Maître Pierre parle du baromètre et de ses usages.

« Qu'en dites-vous, Maître Pierre, ne voilà-t-il pas un beau jour pour jeter tous nos foins à bas? Sil plaît à Dieu, ils seront demain soir à couvert, et tout ira bien. — Voisin, je ne vous le conseille pas; ne coupez, si vous m'en croyez, que ce que vous pourrez rentrer ce soir, car mon baromètre est si bas, que j'attends la pluie pour cette nuit tout au plus tard. »

Les faucheurs abattaient toujours, ne pouvant croire à la pluie par un si beau temps; et le fermier lui-même, malgré la grande confiance qu'il avait en Maître Pierre, y croyait à peine. Ils causaient encore à travers la haie, quand le garde champêtre vint à passer; on le consulta, et le bonhomme répondit que son *marengo* lui annonçait aussi la pluie : c'est ainsi que le vieux caporal avait coutume d'appeler le moignon du bras qu'il avait laissé au champ d'honneur.

Le baromètre et l'invalide avaient raison : le vent s'éleva, les nuages couvrirent le soleil ; on n'eut que le temps de rentrer ce que l'on avait coupé dans la matinée ; la pluie, qui commença bientôt à tomber, dura huit jours, et tous les foins qui ne purent être rentrés pourrirent sur le pré.

Cette circonstance, malheureuse pour tous ceux qui n'avaient point voulu croire au baromètre, excita leur curiosité ; on pria Maître Pierre de donner l'explication de cet instrument merveilleux, et c'est ce qu'il fit le dimanche suivant, après-midi.

« Le *baromètre*, dit Maître Pierre, en montrant celui qu'on lui avait envoyé de Paris, est un instrument qui sert à mesurer la pesanteur de l'air ; il est composé, comme vous le voyez, d'un tube de verre de plus de 81 centimètres de long, bouché par le haut, ouvert et recourbé par le bas, et de la grosseur du petit doigt environ. Ce tube est rempli de mercure jusqu'à la hauteur de 73 à 76 centimètres ; le reste est vide ; et si ce métal liquide ne s'échappe point par le bas du tube qui est ouvert, c'est que l'air s'y oppose par sa pression,

Baromètre à syphon.

Baromètre à cuvette.

qui est assez forte pour faire équilibre à 76 centimètres de mercure, de même qu'elle balance 10 mètres 66 centimètres d'eau, ainsi que je vous le prouverai un jour en vous montrant ma pompe.

« Maintenant il faut que vous sachiez que l'eau réduite en vapeur est plus légère que l'air; que plus l'air en est chargé, plus il est léger, et que, par conséquent, lorsqu'il est très humide, il presse moins sur le mercure que quand il est sec, en sorte qu'il permet au mercure de descendre dans le tube quand il est humide, et qu'il le force au contraire à remonter quand il est sec, et voilà pourquoi le baromètre annonce la pluie quand il baisse, et le beau temps quand il remonte. Cependant, mes amis, je vous préviens qu'il ne faut se laisser guider par cet instrument que lorsqu'il fait de grands mouvements, car il devient douteux quand sa marche est lente. J'entends par de grands mouvements, lorsque le mercure se déplace de un à deux centimètres:

c'est alors qu'il annonce réellement la pluie, malgré la pureté apparente de l'air, qui peut tenir beaucoup d'eau en suspension sans qu'elle nuise à sa transparence.

« Je vous ai dit que l'air devenait de plus en plus léger à mesure qu'on s'élevait sur les hautes montagnes ; cela tient à ce que la couche d'air diminue d'épaisseur : aussi nous presse-t-elle moins fortement que lorsque nous sommes au bord de la mer, et cela est si vrai, que le mercure descend dans le baromètre à mesure que l'on s'élève ; et comme cet abaissement est uniforme et graduel, les savants, à qui l'expérience a appris de combien de centimètres et millimètres le baromètre baissait par cent mètres, ont profité de cet effet constant pour mesurer la hauteur de nos montagnes avec cet instrument. L'un de ces messieurs me disait encore l'an passé que la première expérience de ce genre avait été faite sur notre *Puy-de-Dôme* par le fameux Pascal, dont il ne parlait qu'avec respect, et qui était notre compatriote. »

CHAPITRE XII.

Maître Pierre fait un filtre à charbon, rafraîchit l'eau en plein soleil, et fait une girouette avec un de ses doigts.

Comme le château de M. le maire est situé tout au haut d'un rocher bien sec, son maître éprouve, entre autres désagréments, celui de manquer d'eau pendant trois mois, et d'être réduit à user de la faible ressource de sa citerne, tandis que le village, qui est dans le vallon, a des eaux fraîches et abondantes pendant les plus grandes chaleurs de l'été.

Un jour que le cuisinier se plaignait devant Maître Pierre du mauvais goût des eaux du château, l'un des habitués du gros arbre lui rappela qu'il leur avait promis de leur indiquer le moyen de remédier à cette mauvaise qualité des eaux stagnantes. Pierre dit qu'il tiendrait parole, et qu'il voulait en faire l'épreuve devant tout le village; on convint donc du jour, et l'on dit que ce serait sur l'eau même du château que l'on ferait l'expérience.

Pierre fit ses petits préparatifs; il prit le plus grand entonnoir qu'il put trouver, le boucha par le bas avec une petite éponge, le remplit au tiers avec de la poudre de charbon de bois bien lavée, et recouvrit le tout de deux travers de doigt de sablon propre. Il fixa son entonnoir ainsi préparé au-dessus d'une carafe, et versa l'eau puante sur le sablon; elle filtra bientôt; il en remit de nouvelle, et en un instant il eut une carafe d'eau parfaitement claire, et qui n'avait plus aucun mauvais goût : le domestique courut la porter à son maître, et lui raconta ce qu'il avait vu. Quand il fut parti, on n'en resta pas là; on prit de l'eau dans une mare où les canards barbotaient tout le jour, et qui était boueuse et verdâtre; on la versa sur le filtre, d'où on la vit sortir aussi limpide et aussi bonne à boire que celle de la fontaine.

« Voilà, dit Maître Pierre, quel est l'effet du charbon sur l'eau corrompue; non seulement il la clarifie, mais il lui enlève aussi toute odeur et tout mauvais goût, ce que ne font point les autres filtres. Combien il est à regretter pour les marins, que ce même charbon n'ait pas aussi la propriété d'adoucir l'eau de mer! Il est vrai qu'il jouit encore de la faculté de conserver la viande et le poisson frais pendant assez longtemps, et de leur enlever le mauvais goût quand ils en ont contracté par le temps ou par la chaleur. Un ou deux charbons noirs mis dans la marmite en même temps qu'on y met la viande, suffisent pour produire cet effet salutaire.

« Je me rappelle avoir vu faire les premiers essais des filtres à charbon vis-à-vis du Pont-Royal à Paris, et je me rappelle aussi combien il a fallu de temps, de patience, pour convaincre les Parisiens de la bonté de cette belle découverte, qui est due en grande partie à un nommé Cuchet. »

M. le maire, enchanté du bon résultat de l'expérience de Maître Pierre, le pria de lui organiser un filtre pour le service de sa maison, ce qu'il fit avec empressement; mais il lui conseilla en même temps d'en faire venir un de Paris, qui serait certainement mieux conditionné que celui qu'il allait lui faire.

Les épreuves que Pierre fit sur les eaux puantes et marécageuses, qu'il s'amusait à rendre agréables à boire et qu'il faisait goûter à ses voisins, lui rappelèrent le moyen que l'on pouvait employer pour rafraîchir l'eau, et pour la rendre plus saine et plus légère.

Il disait qu'en transvasant l'eau d'un vase dans un autre, en la versant d'un peu haut, on parvenait à la mêler à une grande quantité d'air qui la rendait plus légère; que cette précaution était bonne à prendre quand on buvait habituellement de l'eau des puits ou des citernes.

Enfin, il s'amusa un jour à *rafraîchir* une bouteille d'eau, en l'exposant en plein soleil; mais il l'avait enveloppée d'un linge mouillé, et il la faisait agiter comme le balancier d'une horloge. Il expliquait ce phénomène en disant: « L'eau du linge mouillé, en s'évaporant, emprunte à l'eau de la bouteille une partie de la chaleur qui lui est nécessaire pour passer de l'état liquide à l'état de vapeur, par conséquent il en résulte un abaissement de température de quelques degrés. C'est par la même raison que l'arrosage des rues et des maisons rend la chaleur plus facile à supporter; et cette fraîcheur est d'autant plus grande, que l'évaporation est accélérée par un courant d'air. Voici encore une petite application de ce principe : mouillez votre doigt de manière à ce qu'il soit humide tout autour; élevez la main au-dessus de votre tête : le côté du doigt où vous sentirez du froid sera celui d'où viendra le vent. C'est une *girouette* parfaite. »

CHAPITRE XIII.

Maître Pierre pose un paratonnerre sur le clocher de son village.

Le tonnerre était tombé sur plusieurs clochers des environs; un enfant qui s'était pendu aux cloches avait été foudroyé; une femme qui s'était cachée sous un gros arbre avait été tuée, et tous ces malheurs, qui s'étaient succédé dans le courant du même été, avaient répandu la terreur parmi les habitants de la campagne, et accru la confiance que l'on avait déjà dans la science de Maître Pierre; car ses voisins se rappelaient fort bien qu'il leur avait recommandé de ne jamais se cacher sous les arbres quand il tonne, et de perdre la funeste habitude de sonner pour écarter le tonnerre. Il profita donc de la disposition des esprits pour solliciter de nouveau la pose d'un paratonnerre sur le clocher de son village; et le vieux curé, qui avait été aumônier d'un des régiments qui firent la guerre d'Amérique, et qui avait assisté aux premières expériences de Franklin sur les paratonnerres de Philadelphie, voyait avec le plus grand plaisir que l'on pensait sérieusement à en poser un sur son clocher.

L'influence de notre bon Pierre, l'assentiment du curé, les vues de bien public qui distinguaient le préfet, et quelques fonds disponibles, firent que cette bonne idée fut mise à exécution de la manière suivante.

Maître Pierre, muni de l'*Instruction sur les Paratonnerres*, adoptée par l'Académie royale des sciences, et publiée par ordre du ministre de l'intérieur (1), se rendit à Clermont chez le meilleur forgeron de la ville, et y fit

---

(1) *Voyez*, pour de plus grands détails et pour les figures, l'*Instruction sur les Paratonnerres*, contenant la description de cette machine, de son conducteur, les moyens de la faire exécuter et la manière de la poser sur divers édifices. Brochure de 50 pages, avec deux planches. A Paris, chez Pitois-Levrault et Cie, libraires, rue de la Harpe, n. 81.

exécuter son paratonnerre, qui se composait de la tige et du conducteur. La tige était une barre de fer de sept mètres, a-mincie de sa base à son sommet, en forme de py-ramide, et ayant vers le bas cinquan-te-quatremil-limètres; la pointe se ter-minait par une aiguille de cuivre jau-

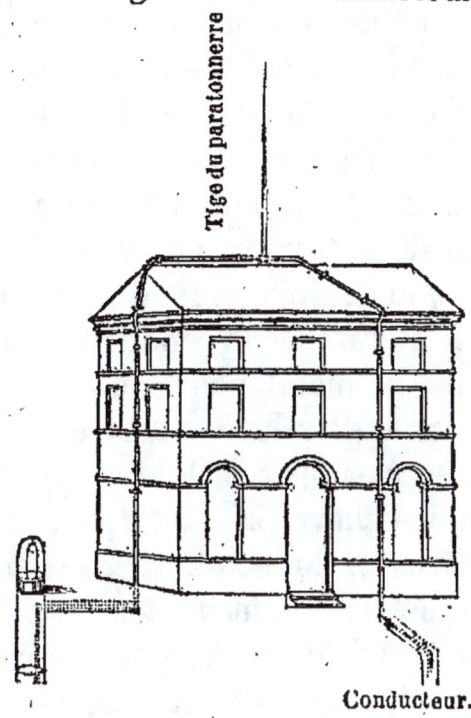

Tige du paratonnerre

Conducteur.

ne de quelques centimètres de long, afin qu'elle s'émoussât moins vite que le fer, qui se rouille très facilement.

Le conducteur se composait d'une suite de baguettes de fer carré d'environ vingt milli-mètres d'épaisseur au plus, qui devaient se réunir au moyen de goupilles, de manière à ce qu'il n'existât aucune solution dans leurs join-tures.

7

Avant de procéder à la pose de cette machine, Pierre fit la visite exacte de la charpente du clocher et de l'église, afin de s'assurer s'il n'existait point quelques pièces de fer ou de plomb qni pussent contrarier l'effet de cet appareil : cela fait, il fit mettre la main à l'œuvre. Le clocher étant peu élevé et terminé par une couverture à huit pans surbaissée, il assujettit le pied de la tige sur l'aiguille de la charpente, au moyen de trois brides solidement boulonnées, et il fit ramper le conducteur sur cette toiture, en le maintenant éloigné de quinze centimètres au-dessus des ardoises, au moyen de plusieurs supports de fer qui se fixaient sur l'un des chevrons, soit à vis, soit autrement : après avoir fait contourner le bord du toit et la corniche, il le fit descendre tout le long du mur, d'où il le tint éloigné, comme de la couverture, au moyen de crampons scellés. Arrivé au pied de l'édifice, Pierre fit creuser une fosse d'un mètre de profondeur, y fit bâtir une rigole en brique, qu'il remplit de charbon pilé, au milieu duquel on coucha le conducteur, dont il fit plonger l'extrémité dans le puits de la maison curiale. L'opération terminée, Pierre voulut visiter tout l'appareil d'un bout à l'autre, afin de s'assurer par lui-même qu'il n'existait aucune lacune dans le conducteur, qui s'attachait au pied de la tige au moyen d'un collier à charnière, terminé par deux oreilles, entre lesquelles il était serré avec un boulon à vis. Enfin, pour dernière précaution, il fit enfermer le conducteur dans une espèce de boîte en planche, jusqu'à trois mètres au-dessus du sol, afin de le mettre hors de la portée des enfants et des gens qui auraient pu le déranger par méchanceté.

Le dimanche suivant, Maître Pierre eut à soutenir un rude interrogatoire de la part de tous les curieux qui avaient été attirés au village. Il répondit de son mieux à une foule de questions que chacun se croyait en droit de lui adresser.

Il disait à l'un : « L'expérience a prouvé que le tonnerre ne tombe pas plus souvent sur un bâtiment porteur de cette machine que sur tout autre. »

A l'autre, il expliquait qu'un paratonnerre garantit une surface circulaire de terre ou de bâtiment égale en diamètre à quatre fois la longueur de la tige, c'est-à-dire qu'un bâtiment de cinq cent quatre-vingt-huit mètres carrés n'aurait besoin que d'un seul paratonnerre de sept mètres de hauteur.

A un incrédule, il citait l'expérience de cinquante années, pendant lesquelles, aux États-Unis d'Amérique, où les orages sont beaucoup plus fréquents et plus redoutables qu'en Europe, on cite à peine deux bâtiments parmi tous ceux qui ont été foudroyés, que les paratonnerres n'aient pas mis à l'abri des atteintes de la foudre, et cela par défaut de construction.

Il dit au maire d'un village dont le clocher est très élevé et fort pointu, qu'il suffisait de terminer la branche supérieure de la croix par une aiguille de cuivre jaune, et de fixer à sa base un conducteur pareil à celui qu'il lui montrait.

Il conseilla au propriétaire d'un château dont la tourelle élancée se termine par une girouette de fer qu'il vient d'y faire poser, ou de supprimer cet ornement, ou d'y adapter un conducteur, « Attendu, dit-il, que la foudre tombera de préférence sur sa tour, par cela seul qu'il l'a fait surmonter d'une tige de fer sans conducteur. »

Il rassura ceux qui pensaient que, si le paratonnerre venait à s'émousser, il ne servirait plus à rien.

Enfin, il recommanda encore à tous ceux qui l'entouraient, d'abandonner l'usage pernicieux de sonner les cloches, et de se laisser plutôt mouiller par la pluie que de se mettre à l'abri sous les arbres quand il tonne (1).

---

(1) *Voyez*, pour la nature de la foudre, tout ce qui a été dit page 29 et suivantes.

CHAPITRE XIV.

Maître Pierre parle des étoiles qui filent, des feux follets et des pierres qui tombent du ciel.

Par une belle soirée du mois d'août, nos amis rassemblés sur la place, goûtant le charme de la fraîcheur, après avoir souffert tout le jour de l'ardeur brûlante du soleil, virent tout à coup un corps brillant et lumineux qui traversait l'air avec une rapidité extrême. « Voilà une *étoile qui file*, s'écrièrent-ils tous à la fois. — Non, dit Maître Pierre, ce n'est pas une étoile qui file ni qui tombe, mais c'est un météore bien brillant, car nous en avons été éblouis pendant quelques secondes.

« L'on sait parfaitement bien, continua-t-il, que les étoiles ne tombent point du ciel, mais on ne connaît pas encore quelle est la nature de ces brillants météores, tels que celui que nous venons de voir passer. Les savants ne pensent pas tous de même à ce sujet ; les uns veulent qu'ils soient dus à l'inflammation subite de quelque gaz, les autres persistent à n'y voir que le phénomène des pierres atmosphériques qui tombent réellement du ciel, et qui sont toujours accompagnées de lumière et de bruit. Ici il y a lumière sans bruit, ce qui a fait penser que ce pouvait être de fort petites pierres qui se perdent en tombant, ou qui s'évaporent en l'air.

« Vous paraissez étonnés de m'entendre parler avec assurance de *pierres tombées du ciel*, et cependant rien n'est plus réel, car nos savants de Paris, après avoir nié la chute des pierres, et les avoir traitées de contes et de visions absurdes, en sont aujourd'hui bien convaincus ; c'est ce que me disait dernièrement encore un des messieurs qui vinrent reconnaître notre mine d'alun du Mont-Dor, laquelle, pour le dire en passant, vaudra peut-être un jour celle dont on retire le fameux alun de Rome. Je puis donc vous l'assurer à mon tour ; oui, il est constant qu'il tombe des pierres du ciel, que leur chute est partout la même, que les circonstances qui les accompagnent sont semblables, et, qui plus est, que les pierres tombées en Normandie, en Amérique et dans l'Inde, sont à peu près les mêmes pour l'aspect, la couleur et la composition.

« Je me rappelle fort bien avoir vu dans la collection de notre école des Quatre-Nations une de celles qui tombèrent en Normandie : elle était grosse comme une petite pomme; son intérieur était gris de cendre parsemé de grains de fer brillant ou rouillé, et le dessus était couvert d'une espèce de vernis noir et luisant. Les chimistes qui ont décomposé ces pierres du ciel, y ont toujours trouvé du fer et un autre métal qui se nomme nikel.

« La chute de ces pierres, qui sont plus ou moins grosses, plus ou moins nombreuses et souvent solitaires, n'a rien de commun avec la foudre et les orages, car elles tombent ordinairement pendant que le temps est calme et que le ciel est pur; mais on a toujours observé que ces pluies de pierres sont constamment précédées par l'apparition d'un globe de feu suivi d'un bruit que l'on compare tantôt à celui du canon, tantôt à une décharge de mousqueterie, ou au roulement du tambour. On a vu ces pierres tomber, s'enfoncer dans la terre, casser des branches, blesser des animaux, et cela dans plus de cinquante endroits éloignés les uns des autres et à des époques différentes; et, chose bien remarquable, c'est que toutes ces pierres se ressemblent entre elles, et n'ont au contraire aucun rapport d'aspect avec celles du globe terrestre.

« Il tombe des pierres du ciel, c'est un fait; mais d'où proviennent-elles? c'est encore un mystère pour tout le monde. On disait dans le temps qu'il serait possible qu'elles nous fussent envoyées par les volcans de la lune, ce qui n'est guère probable; en attendant on les appelle *météorolithes*, c'est-à-dire pierres de météores, car les globes de feu, les étoiles tombantes, la grêle, etc., sont des météores.

« Quant aux feux follets, aux feux de Saint-Elme, aux ardents, etc., ce sont des flammes plus ou moins légères qui voltigent dans les cimetières, sur les champs de bataille, dans les marécages, etc., et qui sont dues à des particules de gaz hydrogène mêlé à du phosphore qui sortent des corps en putréfaction, et qui ont la propriété de s'enflammer dès qu'elles se trouvent en contact avec l'air atmosphérique.

« C'est à ces feux que se rapportent presque toutes les histoires des fées, des farfadets, des revenants et des diableries qui tourmentent les paysans quand ils ne sont point assez instruits pour s'en rendre compte. Toutes ces flammes, qui ne brûlent personne, et qui ne font aucun mal, ne sont pas plus redoutables que le bois pourri qui brille la nuit, que le hibou qui chante à sa manière, que le chien qui se lamente en cherchant son maître, etc. »

CHAPITRE XV.

Maître Pierre fait fondre la neige qui couvrait son jardin.

L'hiver avait été long et rigoureux, il était tombé beaucoup de neige, et il en restait encore plus de trois décimètres sur tous les jardins du village, lorsque Maître Pierre, qui a toujours les premiers pois fleuris, s'avisa de se débarrasser de cette neige en la forçant à fondre. On le vit donc un beau matin semer, avec son neveu, de la terre, de la cendre, de la suie et des balayures sur toute la surface de son jardin, et particulièrement sur les carreaux qu'il voulait cultiver les premiers. On ne comprenait rien à cette opération, mais on pensait bien que Pierre avait quelques bonnes raisons pour la faire ; et en effet, au bout de quelques jours, son jardin seul se trouva tout à découvert, tandis que les autres étaient encore sous la neige.

Les voisins étonnés crurent que cet effet
était dû à quelques drogues particulières que
l'on avait mêlées avec la poussière. Pierre n'a
de secret pour personne; mais cependant il
remit à quelques jours pour expliquer ce petit
phénomène, afin que l'on en sentît mieux les
conséquences. Pendant ce délai, ses pois pre-
naient de la force, ses laitues levaient, et quand
notre homme eut ainsi pris un peu d'avance
sur tous les autres, qui commençaient à peine
à bêcher, il leur fit voir l'état de son jardin et
satisfit leur curiosité.

« Vous ne vous souvenez donc déjà plus que
la couleur noire, en absorbant tous les rayons
solaires, a la propriété de s'échauffer beaucoup
plus vite que le blanc, qui les renvoie presque
tous; vous avez donc oublié l'expérience que
je vous ai faite avec ma lentille ardente et un
as de pique : rappelez-vous que je perçai la
carte aussitôt que je fis tomber le point lumineux sur le noir, et qu'il me fut impossible
d'en faire autant sur la partie blanche. Hé
bien, mes amis, je n'ai fait autre chose que de
noircir la surface de la neige pour l'obliger à
fondre, et l'effet qui en est résulté n'est qu'une
simple application de ce que j'ai fait en petit
sur la carte. Souvenez-vous donc qu'il suffit

de salir la surface de la neige pour la faire fondre beaucoup plus vite qu'elle ne le ferait si on la laissait blanche. Souvenez-vous que toutes les poussières noires sont bonnes, et que leur nature ou composition est tout à fait indifférente pour cet objet. Au reste, je ne veux point vous laisser croire que cette idée m'appartient, que ce procédé est de mon invention; il m'a été communiqué par un habitant de la Savoie, où on le pratique tous les ans au printemps.

« C'est encore par la même raison que les vêtements bruns ou noirs sont plus chauds que les blancs, et qu'on doit les préférer pour l'hiver. »

8

CHAPITRE XVI.

Maître Pierre parle de la grêle et des trombes.

La Limagne, cette belle partie de l'Auvergne, avait été ravagée par la grêle, et ce fléau destructeur avait anéanti en un instant l'espérance de tous les cultivateurs. La nouvelle en fut apportée au village par un homme qui venait de traverser ce champ de désolation, et il en fit un tableau si triste, que Maître Pierre fut aussitôt prié de vouloir bien expliquer ce qui produisait cette pluie de glace.

« Non, dit-il, la *grêle* n'est point due à une eau de pluie dont les gouttes se seraient congelées en l'air; il paraît plus probable que les grêlons commencent par n'être que des atomes de givre, qu'ils se forment à une grande hauteur à la suite du refroidissement subit de certains nuages, qu'ils restent suspendus entre deux de ces nuages par l'effet d'un phénomène électrique, et qu'ils ne se précipitent sur la terre qu'au moment où cette force électrique est vaincue par leur poids, qui va toujours en augmentant; en sorte que, plus ces nuages ont de force pour les retenir longtemps en l'air, plus les grêlons deviennent gros et plus ils sont redoutables pour les contrées malheureuses sur lesquelles ils se précipitent.

« On présume que le bruit qui se fait souvent entendre dans les airs un moment avant que la grêle tombe, est produit par le choc des grêlons les uns contre les autres; et comme c'est presque toujours en été que l'on voit tomber la grêle; que souvent elle est accompagnée de tonnerre et d'éclairs, tout fait penser que l'électricité joue un très grand rôle dans la formation de ce terrible météore.

« On avait espéré pouvoir se garantir de la grêle comme on le fait du tonnerre; on avait imaginé des *paragrêles*, qui se composaient d'un arbre élevé ou d'un mât de bois entouré d'une corde de paille; mais ces machines, que l'on avait soin de placer sur les lieux élevés et dans les cantons qui sont sujets à être grêlés, n'ont point encore donné de résultats satisfaisants. On ne peut comparer les désastres causés par la grêle qu'à ceux qui sont occasionnés par les *trombes terrestres*, autre espèce de météore, qui se présente sous l'aspect d'un tourbillon de vent, qui ravage et détruit tout, qui ébranle les bâtiments les plus solides, déracine les plus gros arbres, et qui en transporte les débris à des distances énormes. Ce fléau, qui heureusement n'est que local, qui est accompagné de torrents de pluie et de poussière, et qui varie infiniment par ses effets, paraît devoir aussi une partie de son énergie au fluide électrique. Les *trombes maritimes*, qui se composent de torrents d'eau élevés de la mer ou descendus des nuages sous la forme de colonnes mobiles qui se réduisent en pluie ou en grêle, ont encore l'électricité pour mobile ; car on les voit souvent traversées en tous sens par des éclairs. Les marins qui sont en proie à ce fléau parviennent quelquefois à le détruire, ou à en affaiblir les effets, en tirant le canon contre, et à une assez grande distance, pour que leurs bâtiments ne soient point engloutis par sa chute. »

CHAPITRE XVII.

Maître Pierre fait une pompe aspirante, et en explique l'effet.

« Mes amis, ma pompe est finie, dit un jour Maître Pierre à ses amis, et si vous voulez me donner un coup de main pour la mettre en place, vous la verrez en détail, et je vous l'expliquerai de mon mieux.

« Voilà trois tuyaux de bois de chêne cerclés en fer ; en voici deux dont le trou n'a que deux centimètres et demi de diamètre, et le troisième, qui est le plus gros et qui a huit centimètres de vide, formera la tête de la pompe ; car il porte le jet par où sortira l'eau, et les deux oreilles serviront à attacher le balancier de fer qui la fera marcher.

« Quand ces trois tuyaux seront emmanchés les uns dans les autres, la pompe aura environ douze mètres jusqu'au jet.

8.

« Au bout des deux tuyaux étroits nous allons clouer ce petit couvercle de plomb doublé en cuir, qui joue comme la charnière d'une tabatière; c'est ce que l'on nomme la *soupape*. Vers le bas du grand tuyau qui s'emmanche sur les deux autres, on fera marcher cette autre petite machine, que l'on nomme *piston*. Vous voyez que ce n'est autre chose qu'un petit cylindre de bois, bien rond, tourné, percé dans le milieu et garni d'une soupape pareille à la première : il s'attache à sa tige au moyen d'un écrou, et cette tige, que voilà, est une tringle de fer, au moyen de laquelle on fera monter et descendre ce pis-

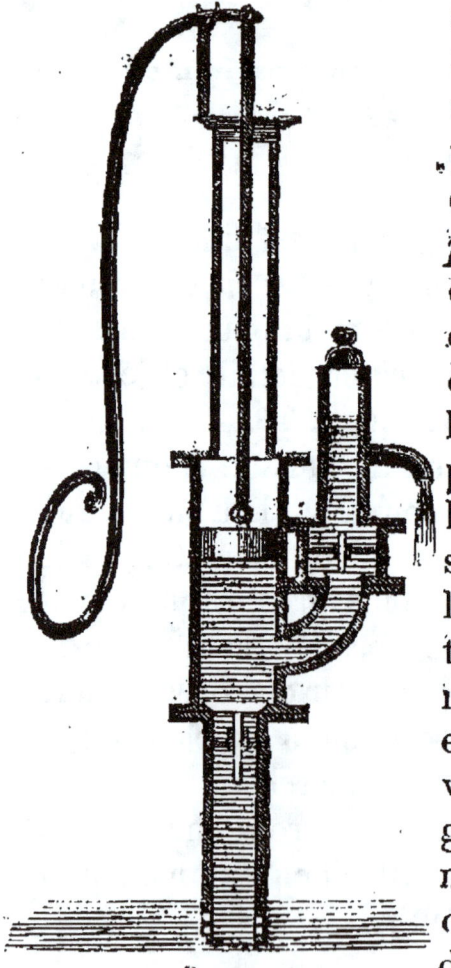

Pompe.

ton, qui, avant d'être introduit dans le tuyau, sera garni de filasse bien graissée, afin qu'il ferme hermétiquement et qu'il puisse cependant glisser avec facilité quand je le ferai marcher avec le balancier. »

Lorsqu'on eut descendu le premier tuyau dans le puits, de manière à ce qu'il trempât d'environ un mètre dans l'eau, qu'on se fut assuré qu'il était bien d'aplomb, et qu'on l'eut fortement attaché avec les brides de fer, on descendit le second par-dessus, on le fit entrer de onze centimètres environ, l'on plomba, et, après avoir serré les écrous des brides, on cloua la soupape en haut, c'est-à-dire à dix mètres au-dessus de l'eau. Après s'être bien assuré que rien ne pouvait gêner le jeu de cette pièce importante, on plaça le troisième et dernier corps, comme on avait fait les deux premiers; on introduisit le piston au bout de la tige dans ce dernier tuyau, on le poussa jusqu'à quelques centimètres au-dessus de la soupape, on attacha la tige au balancier, et l'on fit jouer.

Les dix ou douze premiers coups de piston n'amenèrent point d'eau, mais on l'entendit monter dans le tuyau, et bientôt elle sortit à plein jet, à la grande satisfaction du maître, des ouvriers qu'il avait dirigés, et des curieux qui avaient assisté à l'opération. Les enfants s'emparèrent du balancier, et ne cessèrent de le faire marcher que quand ils eurent rempli la grande auge qui était auprès du puits.

« Maintenant, mes amis, voilà ce qui se passe dans l'intérieur de la pompe. Si vous avez un peu de mémoire, vous vous souviendrez que je vous ai dit, en parlant de la pesanteur de l'air qui nous presse de toutes parts, que son poids égale celui d'une colonne d'eau de dix mètres soixante-six centimètres, et de même base. Je vous ai dit encore que l'on pouvait soutirer l'air contenu dans un vase et faire ce que l'on appelle le *vide :* eh bien, qu'arrive-t-il quand je lève le piston qui ferme assez hermétiquement? Il fait le vide, non pas tout d'un coup, parce qu'il ne se lève et ne s'abaisse chaque fois que de quelques centimètres; mais il le fait petit à petit, et à mesure qu'il soutire l'air contenu dans les tuyaux, l'eau le remplace aussitôt, monte de plus en plus, arrive jusqu'au piston, le traverse en ouvrant sa soupape, et se trouve soulevée avec lui jusqu'au point qui lui offre une issue par laquelle vous la voyez couler. Vous devez bien concevoir que si j'avais mis plus de dix mètres deux tiers entre le niveau de l'eau et le point où le piston s'arrête en montant, il m'eût été impossible de l'y faire monter; car l'air extérieur, qui est la seule cause qui la fasse élever, ne peut l'y forcer que jusqu'à la concurrence de dix mètres soixante-six centimètres. Vous devez concevoir aussi que la première soupape s'ouvre quand le piston monte, qu'elle se ferme quand il descend, tandis que celle du piston fait un mouvement contraire; elle se ferme quand il monte avec l'eau dont il est chargé, et s'ouvre en descendant pour en laisser passer de nouvelle.

« Si mon puits eût eu quelques décimètres de plus, j'aurais allongé la tige du piston, mais je n'aurais pu changer la place où il joue, car, je vous le répète, il est même prudent de le placer à un peu moins de dix mètres soixante-six centimètres, à cause des basses eaux. Demain, si vous le voulez, je vous ferai connaître encore une autre application du vide combiné avec la pression de l'air. »

« Le *siphon* est un instrument qui sert à transvaser le vin, sans le troubler, d'un tonneau dans un autre. Il se compose, comme vous le voyez, d'un petit tuyau de plomb plié en deux, de manière à ce que l'un des bouts

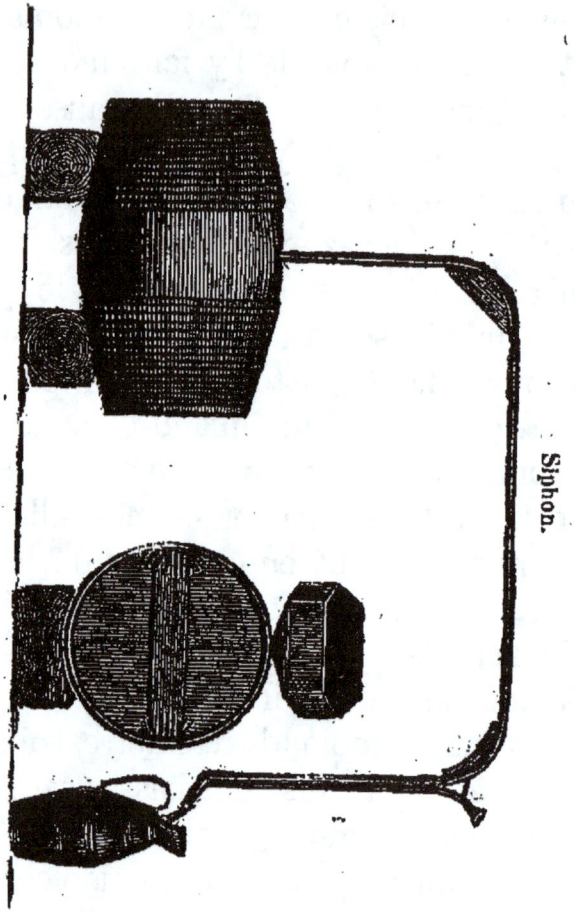

Siphon.

soit plus long que l'autre. Il y en a en verre, en fer-blanc, et même en cuivre. Quand on veut s'en servir, on trempe la petite branche dans le tonneau que l'on veut vider, et l'on place l'autre barrique sous la plus longue; on aspire l'air avec la bouche en l'appliquant au bout de la grande branche, et aussitôt le vin s'écoule de lui-même jusqu'au moment où la petite ne trempe plus. Voilà encore le vide et la pression qui jouent leur rôle. J'aspire l'air avec la bouche, je fais le vide, et aussitôt le vin arrive au sommet du siphon, puis à la courbure, et à peine l'a-t-il dépassée, qu'il tombe de son propre poids et continue à s'écouler jusqu'au moment où le siphon ne trempe plus.

« Quand vous buvez avec un chalumeau de paille, vous faites le vide dans cette paille, et l'eau monte dans votre bouche par la même raison qu'elle monte dans ma pompe.

« Quand le maréchal veut remplir sa seringue, il ne fait autre chose que tirer le piston en trempant le bout de l'instrument dans l'eau qu'il veut introduire dans le corps de l'animal. Mais ce n'est ni votre bouche ni le piston qui forcent l'eau à monter dans la paille ou dans la pompe; ce n'est que la pression de l'air, et pas autre chose.

« L'eau monte cependant au-dessus de son niveau sans le secours d'aucun mécanisme; mais, dans ce cas, c'est par suite de l'*attraction* que tous les corps exercent les uns sur les autres quand ils sont situés à des distances infiniment petites. Je voudrais bien pouvoir vous parler de cette loi générale qui est commune à tous les corps de la nature, de cette *attraction*, de cette *affinité*, de cette *gravitation* universelle; mais cela est au-dessus de ma mémoire et de ma faible intelligence.

« Pour en revenir à l'eau qui s'élève au-dessus de son niveau, je vous dirai que cet effet a lieu toutes les fois que l'on fait tremper un corps poreux à la surface de l'eau, ou que l'on y plonge un tuyau ou un tube excessivement petit; plus les pores seront fins et plus le tube sera étroit, plus l'eau s'élèvera au-dessus de son niveau naturel. Les savants appellent ceci l'action des *tubes capillaires*. Vous verrez l'action des tubes capillaires en plaçant un gros morceau de sucre dans une cuiller où vous aurez versé un peu de vin rouge : vous apercevrez le liquide monter de lui-même. C'est à cette propriété particulière qu'est due l'humidité attachée aux appartements qui sont situés dans le voisinage des rivières et à peu de hauteur au-dessus de leur niveau; c'est à cette même propriété que l'on doit le gonflement des éponges, leur faculté d'absorber l'eau sur laquelle on les pose, et une foule de grands et petits phénomènes qui se passent journellement sous nos yeux et auxquels nous faisons à peine attention. C'est ainsi que la sève s'élance jusqu'au sommet des plus grands arbres, par l'effet de la petitesse infinie des vaisseaux dont il sont composés ; qu'un monceau de sable dont la base repose sur un sol humide, est bientôt humecté jusqu'à son sommet ; que la mèche de nos lampes soutire l'huile qui nous éclaire. Les métaux joints aux substances vitreuses sont peut-être les seuls corps qui n'exercent point cette action sur l'eau.

« Mais puisque nous en sommes sur l'*humidité*, il faut bien que je vous dise ce que l'on entend par l'*état hygrométrique* d'un lieu quelconque, ou plutôt de l'air qu'il contient. Il y a une infinité de matières qui changent d'état à mesure que l'humidité les pénètre ou les abandonne. La toile se raccourcit quand on l'humecte, le papier s'allonge, le bois se gonfle, les cordes à violon et les cordes de chanvre se raccourcissent, etc. Or, c'est en combinant ces divers mouvements de contraction ou de relâchement d'une même substance, d'un cheveu, par exemple, que l'on est parvenu à construire des instruments qui marquent plus ou moins exactement l'état de sécheresse ou d'humidité mesuré en degrés

9

égaux et comparables entre eux. C'est à l'état hygrométrique que l'on doit le changement du ton des violons et de tous les instruments à cordes en général, la détente ou le raccourcissement des câbles de nos machines, le peu de solidité des roues de charrette, etc. Je ne finirais pas, si je voulais vous en citer toutes les applications ou tous les effets. »

CHAPITRE XVIII.

Maître Pierre fait sentir la différence qu'il y a entre le poids et la densité. Histoire de la couronne d'or de Hiéron, roi de Syracuse. Un mot sur les ballons.

« *Blanc comme de l'albâtre, froid comme du marbre, fin comme de l'ambre, dur comme du fer, lourd comme du plomb*, et une foule d'autres comparaisons proverbiales, tirées des objets qui nous entourent habituellement, sont susceptibles d'autant d'explications qui seraient souvent très curieuses : je m'amuserai peut-être un jour à vous les donner; mais pour aujourd'hui je ne vous entretiendrai que de la densité et du poids, afin de vous en mieux faire sentir la différence.

« Quand vous dites d'un corps pesant qu'il est lourd comme du plomb, vous vous figurez involontairement un certain volume de ce métal à côté d'un volume égal de la substance que vous lui comparez, et cela doit être ainsi; car, pour apprécier la densité ou le poids de diverses substances réduites au même volume, par exemple, à un décimètre cube; on pèserait tous ces cubes de bois, de fer, de marbre, de cire, de plomb, de liége, etc., on aurait autant de poids différents, parce que toutes ces substances renferment sous des dimensions égales une plus ou moins grande quantité de matière, et ce sont ces poids qui indiquent la densité ou la pesanteur spécifique de chacun d'eux.

« Ainsi lorsque l'on dit que le fer forgé pèse sept kilogrammes quatre-vingt-huit grammes, on exprime la pesanteur spécifique, tandis que si l'on disait, en parlant d'une enclume, qu'elle pèse cent-cinquante kilogrammes, on ne ferait point entendre par là que c'est son poids, comparativement à celui des autres corps de mêmes dimensions, mais simplement quel est le poid de l'enclume.

« Lorsque l'on dit, ce qui est effectivement, qu'un litre d'eau pure pèse un kilogramme, on exprime la pesanteur de l'eau; mais quand on dit qu'un seau d'eau pèse vingt-cinq kilogrammes, c'est le poids de cette quantité d'eau, et non la pesanteur spécifique du fluide, que l'on exprime.

« Vous savez tous, poursuivit Pierre, que les corps sont plus légers dans l'eau que lorsqu'ils en sont sortis; mais il faut que vous sachiez aussi que cette diminution de poids est précisément égale à celui de l'eau que ces objets déplacent : ainsi, un décimètre cube de fer, qui pèse sept kilogrammes quatre-vingt-huit grammes dans l'air, déplacera un décimètre cube d'eau qui pèse un kilogramme, et ne pèsera plus que six kilogrammes quatre-vingt-huit grammes; un décimètre cube de marbre, qui pèse deux kilogrammes cinquante-centièmes dans l'air, ne pèsera plus qu'un kilogramme cinquante centièmes dans l'eau; et ainsi des autres corps.

« Toutes les substances qui vont au fond de l'eau sont plus pesantes qu'elle, et toutes celles qui nagent à sa surface sont plus légères, à moins cependant qu'elles ne contiennent du vide dans leur intérieur; car alors elles déplacent plus d'eau qu'elles ne pèsent : c'est pour cette raison que les *bateaux de fer et de cuivre* qu'on nomme *pontons*, comme on en fait

9.

aujourd'hui, flottent à la surface de l'eau aussi bien que les bateaux en bois.

« C'est en combinant le poids réel d'un corps avec la perte qu'il fait dans l'eau, que l'on est parvenu à connaître la pesanteur spécifique ou particulière de chacune des substances connues, sans que l'on ait été obligé pour cela de les réduire toutes au même volume.

« On doit cette découverte au célèbre Archimède, à qui Hiéron, roi de Syracuse, son beau-frère, avait proposé cette espèce d'énigme : *J'ai commandé une couronne d'or pur, la voilà; je soupçonne que l'on y a introduit de l'alliage, et je veux savoir non seulement s'il y en a, mais encore en quelle proportion; le tout sans altérer cette couronne de quelque manière que ce soit.* On rapporte qu'Archimède, tout préoccupé de la demande qui lui avait été faite par le roi, s'écria, en sortant du bain : « Je l'ai trouvé ! je l'ai trouvé ! » En effet, ayant remarqué que son corps était beaucoup plus léger dans l'eau que dans l'air, son génie lui suggéra l'idée de peser un lingot d'or parfaitement pur dans l'eau, de remarquer la perte qu'il y faisait de son poids réel, et de faire la même opération sur la couronne. Ce qui lui fournit, au moyen d'une simple règle nommée *règle de société*, les proportions d'or et de cuivre qui se trouvaient dans la couronne et sans qu'il altérât la couronne, d'un travail précieux.

« Il y aurait encore bien des choses à vous dire sur la pesanteur, considérée comme force et comme principe de la *gravitation universelle*, qui fait que tout tend vers le centre commun du monde; mais tout cela est trop difficile, trop compliqué pour nous.

« Je me contenterai de vous dire, pour terminer cet entretien, que les corps qui s'élèvent dans les airs sont loin d'être dépourvus de tout poids réel, puisque l'on voit des ballons s'élever, dépasser les nuages, et emporter avec eux un ou deux voyageurs, des sacs de lest, des cordages, des instruments, etc. Mais je crois ne vous avoir jamais parlé des *ballons*, et il faut que vous sachiez que ce sont des globes creux, des espèces de sacs de peau de baudruche, dans lesquels on introduit du gaz hydrogène, qui est beaucoup plus léger que l'air atmosphérique, et qui fait effort pour s'élancer dans les régions les plus élevées. Cet effort est tel, je vous le répète, que l'on peut charger ces ballons et leur faire enlever plusieurs quintaux à la fois.

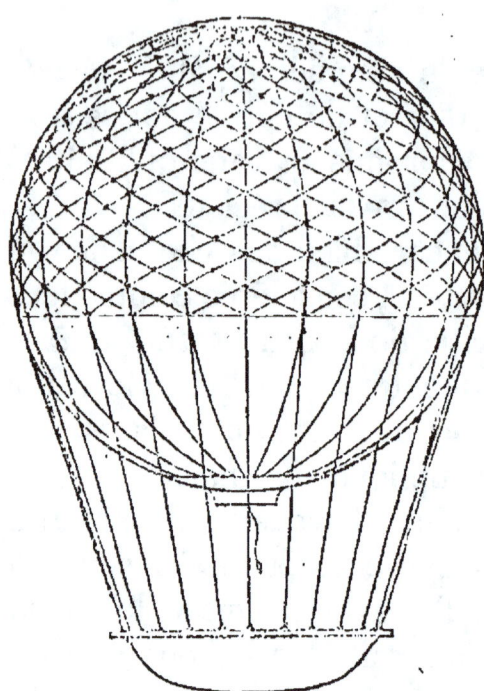

« Cette belle découverte , qui est toute française, rendrait les plus importans services, si l'on parvenait à diriger ces vaisseaux aériens comme on dirige ceux qui traversent les mers; mais les hommes sont si peu raisonnables, qu'ils abuseraient bientôt de ce nouveau moyen de transport : il ne faut donc pas regretter que les efforts qui ont été faits pour parvenir à diriger les ballons n'aient eu jusqu'ici aucun succès, et que l'on ne s'en soit servi jusqu'à présent que comme simple objet de curiosité. Les hommes et les femmes qui font métier de faire des voyages en ballon périssent presque tous victimes de leur témérité ou de leur imprévoyance. »

CHAPITRE XIX.

Maître Pierre rappelle un noyé à la vie; il explique ce qui donne la mort aux noyés et aux asphyxiés.

Il y avait un étang près de la maison de Maître Pierre, le jeune domestique du moulin y tomba, et ce ne fut qu'une heure après que l'on parvint à le retirer. Le petit malheureux était étendu sur le pré; tout le monde le croyait mort, et personne ne songeait à lui faire rendre l'eau qu'il avait avalée, quand heureusement notre bon Pierre vint à passer.

Il se fit instruire de toutes les circonstances de ce malheureux accident, et tout en écoutant ce que chacun lui racontait, il rassembla quelques sacs à la hâte, les arrangea sur deux bâtons, et organisa en un tour de main une espèce de brancard, sur lequel il coucha le pauvre enfant. Pierre le fit porter chez lui *avec pré-*

caution et sans secousses ; et, comme il avait eu soin de lui *placer la tête de côté*, il rendit en chemin une partie de l'eau qui l'avait suffoqué.

Arrivé à la maison, *on le dépouilla de ses vêtements*, en les fendant d'un bout à l'autre avec des ciseaux, afin d'éviter toutes secousses qui auraient pu éteindre le peu de vie qui pouvait lui rester. *On l'enveloppa largement dans une couverture de laine ; on le coucha sur un matelas à terre, devant un grand feu, en lui tenant la tête haute et toujours de côté. On lui frotta le ventre avec un morceau de laine bien chaud et sec, et puis après avec la même pièce trempée dans l'eau-de-vie. On plaça sur le cœur de la cendre chaude, pliée dans une serviette, et on lui mit une brique chaude sous les pieds.*

On lui fit entrer de l'air par le nez, au moyen d'un soufflet, dont on introduisit le bout dans une des narines, tandis qu'on bouchait l'autre avec le doigt.

On lui chatouilla de temps en temps l'intérieur du nez avec les barbes d'une plume.

On lui versa dans la bouche une cuillerée à café de vin chaud ; il la garda quelque temps sans l'avaler ; mais Pierre, s'apercevant qu'elle était passée, *lui en donna deux autres*. Enfin, il lui fit *donner deux lavements faits avec de l'eau salée* dans laquelle il avait fait bouillir quelques *pincées de tabac à fumer* (1).

Au bout de deux heures, et après avoir administré tous ces secours avec calme et persévérance, *un léger soupir, qui fut bientôt suivi d'un autre*, vint annoncer à Pierre qu'il avait rendu la vie au fils unique et bien-aimé de la veuve d'un brave soldat; qu'il avait acquis des droits à la tendre reconnaissance d'une mère indigente, et que cette bonne action allait encore accroître le nombre de ses admirateurs.

Le médecin que Pierre avait envoyé chercher à la ville, entra dans la chambre au moment où le petit Charles ouvrait les yeux pour la première fois; il approuva tout ce que Maître Pierre avait fait, et s'empressa d'achever ce qu'il avait si bien commencé.

Pierre avait souvent assisté aux secours que l'on donne à Paris à tous ces malheureux que l'on retire de la rivière; il avait entendu ré-

---

(1) Extrait de l'*Instruction sur les noyés et les asphyxiés*, rédigée par le docteur Salmade, en exécution du décret du 5 janvier 1815.

péter qu'il ne fallait point se lasser de secou-
rir les noyés; que loin de les abandonner par
découragement, il fallait se persuader que la
putréfaction est à leur égard, comme pour les
asphyxiés, *le seul signe d'une mort certaine*,
et que des noyés n'avaient été rappelés à la
vie que *sept à huit heures après qu'ils avaient
été retirés de l'eau.* Pierre avait tout observé,
tout retenu, et c'était pour la seconde fois
qu'il faisait un si noble usage de son excellente mémoire.

Une femme de chambre du château s'était
enfermée imprudemment dans un cabinet avec
un réchaud rempli de charbon allumé, et fut
trouvée asphyxiée; Pierre, que l'on courut
chercher, s'y prit à peu près comme pour le
petit Charles; car, après *avoir exposé la
pauvre fille au grand air,* lui avoir *fait avaler de l'eau mêlée de vinaigre,* lui avoir *cha-
touillé l'intérieur du nez,* et lui avoir *chassé
de l'air dans la poitrine avec un soufflet,* le
docteur arriva au moment où il ne s'agissait
plus que de la *saigner au pied,* ce qui acheva
de la rendre à la vie (1).

---

(1) Extrait de l'*Instruction sur les noyés et les
asphyxiés.*

Ce fut à cette époque que Maître Pierre expliqua à ses voisins comment le *gaz acide carbonique* qui se dégage du charbon qui brûle est le même que celui que nous rendons par l'expiration. Il leur disait : « Un noyé meurt parce que l'eau empêche l'air vital d'entrer dans ses poumons, dans sa poitrine ; un asphyxié meurt parce que le gaz acide carbonique qui se dégage du charbon éteint la lumière et la vie, comme l'azote dont je vous ai parlé dans le temps, en vous disant que l'air que nous respirons en contenait une forte dose. Enfin, disait-il encore, on étoufferait un homme si on l'enfermait dans un lieu resserré où l'air ne pourrait point entrer, et ce serait lui-même qui se donnerait la mort, car il aurait bientôt changé son peu d'air vital en air mortel ; aussi rien ne m'impatiente autant que de voir la chambre d'un pauvre malade pleine de monde inutile, tous ces officieux ne se doutent pas qu'ils contribuent chacun à gâter l'air que le malade va respirer, et que cet air usé d'avance lui deviendra funeste. »

CHAPITRE XX.

Maître Pierre éteint le feu d'une cheminée avec de la fleur de soufre.

M. le maire ne manque jamais de donner un grand dîner le jour de la fête du roi; il y invite tous ses voisins, et Pierre, comme son adjoint, y trouve toujours son couvert; l'on en était au dessert; l'on buvait à la santé du roi, et ce cri tout joyeux fut interrompu par ceux des domestiques, qui criaient : *Au feu!* comme des gens qui ont perdu la tête. Pierre ne cria point, mais il agit, ce qui vaut mieux en pareille circonstance; il demanda du soufre, car il savait qu'on n'en manquait jamais, grâce à la meute du château. On lui montra l'armoire, où il trouva un sac de fleur de soufre; il courut à la cuisine, le vida sur le foyer, boucha la cheminée avec un drap le plus parfaitement possible, et en un instant le feu s'éteignit de lui-même.

Le calme se rétablit et parmi les valets et parmi les convives ; et ce petit événement, auquel maître Pierre avait remédié avec tant de sang-froid, attira enfin l'attention de la compagnie sur lui. Un ignorant, qui *avait fait sa physique* dans son temps, assurait qu'il ne concevait rien à cette manière d'éteindre le feu avec un corps aussi combustible que le soufre, et qu'il y avait là-dessous quelque magie, qui était probablement le secret du bonhomme. « Il n'y a ni magie, ni secret, répartit Pierre assez sèchement ; et si monsieur ne conçoit rien à cette manière d'éteindre le feu, c'est qu'autrefois on n'avait pas les idées aussi justes qu'on les a aujourd'hui sur le feu et sur la combustion ; et, en effet, si le bois brûle dans le foyer, si la suie brûle dans le tuyau de la cheminée, c'est parce que ces corps combustibles sont en contact avec l'air atmosphérique, qui a la propriété d'entretenir la combustion et la vie ; et comme le *gaz acide sulfureux* qui se dégage du soufre dès l'instant qu'il brûle ne peut entretenir ni l'un ni l'autre, voilà la raison toute simple qui fait que le feu s'éteint quand on lui donne la vapeur du soufre pour tout aliment, et cela, monsieur, sans secret ni magie. J'ajouterai

même que l'eau n'éteint le feu sur lequel on la
jette que parce qu'elle s'interpose entre l'air
et le corps combustible, et que s'il était possible de projeter du sable avec autant de facilité, il produirait le même effet que l'eau. »
Tout le monde s'empressa de donner raison à
maître Pierre, et les rieurs furent de son
côté.

« Le feu, ajoutait-il en racontant sa petite
discussion, était un des quatre éléments des
anciens ; mais aujourd'hui on le considère
comme un effet et non comme un corps. Le
feu paraît toutes les fois que des matières
combustibles sont portées à une très haute
température, par quelque cause que ce soit ;
il se communique de proche en proche jusqu'à ce qu'il ait détruit tout ce qui pouvait
l'entretenir, ou qu'on l'ait privé d'air ; alors il
s'éteint. »

CHAPITRE XXI.

Maître Pierre reçoit la visite de Simon de Nantua.

Simon de Nantua, qui traverse la France dans tous les sens en vendant des couvertures et en donnant, comme on sait, à chacun des avis pleins de justesse et de raison, s'arrêta par hasard dans le village de Maître Pierre.

Après avoir pansé son cheval et rangé ses ballots, il s'informa de ce qu'il y avait de neuf au pays et de ce que l'on faisait dans ce village, par lequel il n'avait jamais passé. « Rien de nouveau, lui répondit-on, si ce n'est le paratonnerre de l'église, et cela peut bien passer pour une nouvelle, car on n'en voit guère dans les campagnes. » Simon, qui en avait vu bien d'autres, n'y faisait pas grande attention, et ne trouvait d'extraordinaire que le lieu où on avait eu le bon esprit de le pla-

10.

cer; mais quand on lui eut appris que c'était
un homme du village qui l'avait posé lui-
même, quand on lui eut raconté que cet
homme savait expliquer tous les grands phénomènes de la nature, qu'il était recherché
de tous les étrangers, qu'il instruisait ses voisins, qu'il rendait journellement des services
à la commune, dont il est adjoint, alors Simon n'eut rien de si pressé que d'aller voir
Maître Pierre, chez qui tous les enfants du
village le conduisirent en corps.

« Je m'appelle Simon, dit-il en entrant; je
suis de Nantua; je vends des couvertures;
j'aime Dieu, la France et mon roi de tout
mon cœur; je suis curieux de voir tout ce qui
est bon; je révère les hommes qui font du
bien à mon pays, et comme vous êtes de ce
nombre, vous ne trouverez pas étonnant que
j'aie voulu vous voir et faire votre connaissance. » Pierre, entouré de ses voisins, le fit
asseoir au coin de la cheminée, le pria de
partager son souper, et la conversation s'en-
gagea de suite sur tout ce qu'il avait vu de
nouveau en parcourant la France, et pendant
son dernier séjour à Paris. Simon n'a pas de
plus grand plaisir que la conversation; mais
aussi il a tant à raconter! *car il a de bons*

*yeux et de bonnes oreilles; il a vu beaucoup
de pays, beaucoup de gens, et entendu beaucoup de choses* (1).

« Puisqu'il y a vingt-cinq ans que vous avez
quitté Paris, il y a bien des choses qui vous
feraient grand plaisir à voir; car cette belle
capitale s'est enrichie depuis lors d'une foule
de monuments et d'établissements importants.
Nos départements en ont fait autant, ils ne
sont point restés en arrière, et nos villes ma-
nufacturières font des efforts journaliers pour
rivaliser avec les fabriques anglaises.

« Les *machines à vapeur* se multiplient sur
tous les points du royaume; on les emploie à
toutes sortes d'usages, à tirer du charbon de
terre de la profondeur des mines, à monter
de l'eau, à faire marcher des moulins, les
marteaux, les cisailles, les soufflets, les cylindres qui servent à fabriquer le fer; on les
applique à la filature du coton et de la laine,
aux métiers à tisser, et même à l'imprimerie;
enfin, les bateaux à vapeur font le service de nos
principales rivières, et traversent journelle-

---

(1) *Simon de Nantua*, ou *le Marchand forain*,
1 vol. in-8°. Ouvrage qui a remporté le prix proposé pour la lecture populaire.

ment le détroit qui nous sépare de l'Angleterre.

Bateau à vapeur.

— « Ainsi, repartit Pierre, les Anglais ne sont donc pas les seuls qui fassent usage de ces machines ? — Oh ! dit Simon , il faut voir à Charenton , à Chaillot ; il faut voir à Saint-Étienne, à Rive-de-Gier, au Creusot, au Four-chambeau, à Saint-Quentin, à Lyon, à Rouen, comme toutes ces grandes cheminées fument ! comme tout cela travaille ! comme tout cela marche ! Quel tapage !

« Je ne puis pas vous dire au juste comment tout cela est fait, car ces machines sont très compliquées, et je ne suis pas mécanicien, moi ; mais tout ce que je sais, c'est qu'il y a toujours un fourneau avec une grande chemi-née, dans lequel fourneau est enfermée une chaudière qui sert à faire bouillir l'eau qui produit la vapeur; cette vapeur est conduite

sous un piston qui glisse dans un gros tuyau
de fonte qui est debout; elle soulève ce piston,
qui est très lourd, et le fait monter jusqu'à une
certaine hauteur; arrivé là, il cesse d'être sou-
tenu, et retombe de son propre poids à la
place d'où il était parti; et après, cela recommence toujours de même, en sorte que vous
comprenez bien qu'il se produit un mouvement de va-et-vient de haut en bas et de bas
en haut : or, voilà toute la malice, car on
attache au piston une grande tige de fer qui
donne le mouvement à une roue de fonte qui
fait marcher en tournant, soit une filature,
soit une forge, soit les rames d'un bateau,
soit tout autre mécanique, et cela avec une
force de dix, vingt, trente, cinquante, cent
chevaux, et plus. Ne m'en demandez pas da-
vatage aujourd'hui; un autre jour, je vous en
montrerai un dessin que je dois avoir dans
mes papiers.

« Les *thermolampes* ne font pas tant de
bruit; mais c'est encore plus curieux. Figurez-vous de grandes usines dans lesquelles on
distille du charbon de terre, dont on retire
du *gaz*, oui, du *gaz hydrogène*, qui brûle
avec une flamme cent fois plus brillante que
celle d'un cierge. Eh bien ! imaginez-vous

que l'on conduit ce gaz par des tuyaux sous terre, et qu'on le distribue dans les boutiques, dans les rues et sur les places, au moyen de petits tuyaux de plomb, qui se terminent comme des becs de lampes, et que l'on allume dès que le jour vient à tomber. Il faut voir le magnifique éclairage au gaz de la place de la Concorde, autour de l'obélisque et en face du château des Tuileries et de l'arc de triomphe de l'Étoile, de la Magdeleine et du palais de la Chambre des Députés! Les étrangers avouent qu'ils n'ont jamais rien vu de pareil dans leurs voyages. » Pierre était sur son terrain; il savait parfaitement ce que c'était que le gaz hydrogène, et Simon s'aperçut que tout cela n'était pas nouveau pour ceux qui l'écoutaient.

« Les *ponts de fer* étaient rares de votre temps; il n'y avait à Paris que le pont des Arts qui fût en fer : mais aujourd'hui, non seulement il y en a un vis-à-vis du Jardin des Plantes, que l'on nomme pont d'Austerlitz, mais encore un autre, bien remarquablement exécuté, devant le guichet du Louvre, sur lequel passent les plus grosses voitures. On a remplacé la charpente de la Halle au Blé, qui a été brûlée, par une coupole de fer fondu et de fer battu, qui fait l'admiration des connaisseurs. La fontaine de fer du boulevard Bondy, les belles fontaines en fer décorées de statues de bronze sur la place de la Concorde ; la statue de bronze du bon Henri, et la colonne triomphale de la place Vendôme, qui est toute couverte du bronze conquis sur l'ennemi, font honneur à nos fondeurs français.

« Les *ponts suspendus en fil de fer*, dont l'invention appartient aux Américains, et non pas aux Anglais, sont déjà nombreux en France. J'en ai vu deux à Genève, et un à Fribourg, qui est d'un mauvais travail. J'en ai vu deux grands sur le Rhône, et de bien magnifiques sur la Garonne. Ils se composent de deux culées, sur lesquelles on attache huit ou dix gros câbles de fil de fer ; on les tend le mieux possible, et c'est à ces grosses cordes que l'on en attache d'autres plus petites, également en fil de fer, et qui supportent des pièces de bois horizontales, formant toute la largeur du pont. C'est sur ces traverses que l'on établit le plancher, sur lequel les rouliers passent en toute sûreté. Quand le fleuve est trop large, on bâtit une ou deux piles près des bords, comme on le voit au pont de fer qui est situé vis-à-vis l'hôtel des Invalides, afin de partager l'espace en deux, et de diminuer la longueur des câbles, qui sont disposés à droite et à gauche, comme des garde-fous, et qui sont composés de fils de fer droits, réunis ensemble par un fil plus gros qui les entoure. Ces nouveaux ponts sont très économiques, puisqu'ils peuvent se construire en tout temps, et qu'ils exigent peu de maçonnerie. On assure que l'on va en établir un très grand nombre dans les campagnes, pour remplacer les planches, que les torrents enlèvent si souvent en hiver.

« Les *chemins de fer* sont bien réellement d'invention anglaise ; mais on en fait trois dans le département de la Loire, l'un, qui va d'Andrezieux à Roanne; l'autre, qui continue jusqu'à Saint-Étienne; le troisième, qui arrive à Lyon. Ces trois chemins sont en pleine activité. Il y en a qui croient que ces routes sont pavées avec des plaques de fer, mais ce n'est pas cela du tout; ce ne sont que des ornières en fer fondu, appelées *rails* (prononcez *reilles*), dans lesquelles les roues de chariots faites exprès, et également en fonte, roulent avec une grande facilité. Les chariots, appelés *wagons*, sont traînés par des machines à vapeur, ou *locomotives*, qui entraînent un

Chemin de fer.

Machine à vapeur. — Locomotive. — Wagons.

convoi de cinq cents personnes avec une vitesse de *huit lieues* à l'heure. Un chemin de
fer conduit aujourd'hui de Paris à Saint-Germain en une demi-heure, durant un parcours
de plus de quatre lieues. Un autre chemin de
fer conduit de Paris à Versailles les milliers
de curieux qui vont admirer le musée élevé
aux gloires nationales par un grand monarque.

« Les *cuves chauffées à la vapeur* sont encore assez nouvelles ; j'en ai vu à Lyon pour
la première fois à mon dernier voyage, et il
est véritablement très curieux de voir bouillir
de l'eau dans des cuves de bois et sans feu
apparent ; mais voici comment : dans un des
coins de l'atelier il y a un alambic ordinaire,
dans lequel on fait bouillir de l'eau qui se réduit en vapeur ; on conduit cette vapeur par
des tuyaux dans chacune des cuves ; et,
comme elle est très chaude, elle fait bouillir
l'eau en un instant. C'est ainsi que l'on éco-
nomise les chaudières de cuivre, qui sont fort
coûteuses, et que l'on ne craint plus de brûler les soies et les étoffes précieuses que l'on
passe à la teinture.

« Les *grandes chambres de plomb*, dont

on se sert à Marseille pour faire l'acide sulfu-
rique, vous feraient plaisir à voir ; car on ne
trouve guère que là de si grands vases de
métal, puisqu'il y en a de trente trois mètres
de longueur sur six à sept de haut. Et cet
acide, cette liqueur brûlante, à quoi sert-elle ?
à décomposer le sel marin, à le convertir en
soude. Et cette soude, qu'en fait-on ? du sa-
von, en la mêlant avec de l'huile. Tout cela
fait vivre bien du monde, donne du pain à
bien des malheureux, fait aller le commerce ;
et voilà ce que c'est que la chimie.

« Les *cylindres d'impression*, dont on se
sert aujourd'hui pour imprimer les indiennes,
n'étaient pas connus de votre temps ; on se
servait de planches que l'on était obligé de
charger de couleur, d'essuyer et d'appliquer
sur la toile, pour recommencer à chaque instant, comme cela se fait encore pour les papiers de tenture. Hé bien, actuellement on se
sert de cylindres de cuivre gravés, qui se
chargent de couleur, s'essuient et impriment
en tournant, tandis que la toile se déroule
d'un côté pour se faire imprimer, et s'enroule
de l'autre quand elle a reçu son dessin.

« La *lithographie*. C'est encore une belle

chose, cela, et vous ne vous doutez peut-être pas comment on s'y est pris pour faire le portrait du roi et de la famille royale, que vous avez là. Hé bien, je vais vous l'expliquer, moi, parce que j'ai un de mes pays qui est employé à Paris dans une imprimerie, qui m'a conduit à son atelier, et qui m'a tout fait voir.

« On prend une pierre bien unie, que l'on tire d'Allemagne, ou de Châteauroux (département de l'Indre), et qui ressemble presque à du marbre ; le dessinateur dessine dessus avec un crayon noir un peu gras, tout comme si c'était du papier, et quand le dessin est terminé, on passe dessus un acide ; l'imprimeur prend alors cette pierre dessinée, la mouille avec une éponge, et passe par-dessus avec un rouleau qui est garni d'une espèce d'encre épaisse, qui s'attache sur le dessin seulement, et qui ne prend point sur le reste de la pierre, parce que l'eau ne prend point sur le dessin qui est gras, et que par la même raison l'encre ne prend point sur la pierre mouillée. Cela étant fait, il met un papier blanc sur la pierre, il fait passer une presse par-dessus, et crac, voilà une estampe toute pareille au dessin qui est sur la pierre.

« On recommence la même manœuvre pour chaque estampe, sans que la pierre en souffre, et l'on en fait ainsi plusieurs milliers. On m'a dit que cette nouvelle manière est très économique, et qu'elle nous a été apportée de Munich en Bavière. Mais ce qui est plus merveilleux encore, c'est qu'on imprime aujourd'hui les couleurs les plus variées et même la couleur d'or au moyen de la lithographie.

« La *cloche du plongeur*, dont on s'est servi pour la construction du beau pont de Bordeaux, et avec laquelle on pourra toujours en visiter les fondations, est une singulière machine, puisqu'elle permet d'aller au fond de l'eau sans se mouiller; moi qui vous parle, et à mon âge, j'ai voulu faire le plongeon, et je me suis vu dix mètres d'eau sur la tête, moi cinquième, et aussi sec que me voilà; je ne plaisante pas.

« Figurez-vous une grande cuve carrée en fonte de fer, renversée et suspendue par le fond comme une cloche, garnie, dans l'intérieur, d'un petit banc sur lequel on s'assied. Quand je fus dedans, je regardai en l'air, et je vis que le jour nous arrivait à travers six ouvertures garnies chacune d'un morceau de

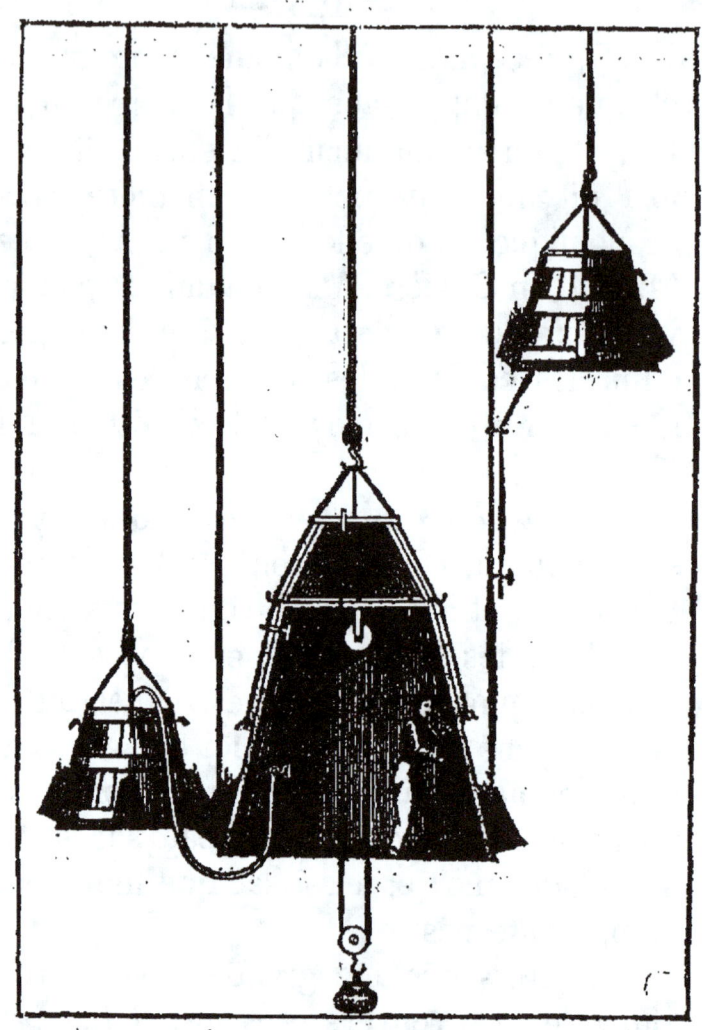

Cloche de plongeur.

verre très épais ; je vis aussi un trou dont je
demandai l'usage à l'un des plongeurs, qui
m'expliqua que ce trou était garni d'un tuyau

de cuir par lequel on nous enverrait de l'air frais au moyen d'une espèce de pompe, et que, sans cette précaution, nous aurions bientôt gâté celui qui est contenu dans la cloche. Je ne suis pas peureux, mais cependant, quand je me suis senti descendre, que j'ai vu l'eau entrer de quelques millimètres dans notre cloche, ma foi je n'étais pas trop à mon aise, et j'ai eu besoin de faire un petit effort sur moi-même pour cacher ma peur; mais l'eau ne s'est pas élevée à plus d'un décimètre et demi; elle s'est arrêtée là. On nous a descendus jusqu'au fond de la Garonne, où mes compagnons avaient quelques pierres à mettre en place, et une demi-heure après l'un d'eux donna le signal de nous remonter en frappant avec un marteau contre notre cloche. Aussitôt nous nous sentîmes remonter, et en quelques minutes nous fûmes rendus à l'air et à la lumière, fort enchanté, pour ma part, d'avoir fait ce petit voyage. » Pierre s'aperçut que plusieurs de ses voisins ne comprenaient pas ce que Simon leur expliquait; mais comme lui l'entendait parfaitement, il le démontra sur-le-champ en renversant un verre dans un seau, et en faisant remarquer à tout le monde que l'eau ne s'élevait qu'à deux ou trois millimètres dans le verre, à cause de l'air qu'il contenait et qu'elle ne pouvait comprimer davantage. « Voilà, dit-il, une petite cloche de plongeur; » et Simon, enchanté d'avoir été si bien compris, se mit à crier : « C'est cela, vous y êtes; parlez-moi d'un homme comme vous, c'est un plaisir de lui raconter quelque chose, il vous entend du moins; ce n'est pas comme ces gens qui n'ont jamais vu que le clocher de leur village, et qui doutent de tout ce qu'ils ne comprennent pas. »

On se mit à table : Simon fit honneur au souper de Maître Pierre; il trouva moyen de bien boire, de bien manger et de beaucoup parler. Une salade aux betteraves! quel sujet de conversation pour Simon! et en effet, il ne le laissa point échapper.

« Le *vinaigre de bois*, dit-il, est encore un singulier produit. Dire que l'on peut retirer cette liqueur du bois le plus sec, le plus vieux, de cette chaise, par exemple; cela paraît incroyable, et cependant je l'ai vu faire près de Beaune en Bourgogne, dans un grand établissement, où l'on distillait du bois de manière à faire tout à la fois d'excellent charbon, du goudron et du vinaigre beaucoup plus fort que celui-ci, clair comme de l'eau, et tout à fait incorruptible.

« Le *sucre de betteraves,* qui peut remplacer le meilleur sucre de canne, et qui se fabrique en grand dans le département du Nord, dans la Touraine, dans plusieurs autres départements, et jusqu'aux portes de Paris, à qui le devons-nous? à la chimie. Et si nous avions la guerre avec les Anglais, c'est alors que nous sentirions toute l'importance de ce service; car, malgré tout ce qu'on en a dit, et quoiqu'il y ait des gens qui vous disent encore qu'ils ne voudraient pas goûter à ce sucre-là, tout en en mettant dans leur café sans s'en douter, nous devons nous trouver fort heureux de récolter du sucre dans nos champs, puisque nous ne pouvons plus nous en passer.

« La *gélatine que l'on retire des os* n'est pas moins précieuse : il y a longtemps, il est vrai, que nos femmes disent que pour faire de bonne soupe il faut des os; mais se doutait-on, il y a quelques années, que l'on pouvait les ramollir, les débarrasser de leur partie dure, et les changer en une matière gélatineuse susceptible de se fondre dans l'eau chaude, et de former la base d'une nourriture saine et savoureuse? Non, sans doute; eh bien, tout cela se fait encore au moyen de la chimie.

« Je vous demande pardon, cher ami, de vous avoir étourdi si longtemps; mais quand j'en suis sur le chapitre de toutes ces belles et bonnes choses, quand je suis assez heureux pour trouver un homme qui s'intéresse comme moi aux perfectionnements de nos manufactures et aux découvertes qui font honneur à la France, j'ai peine à m'arrêter. »

Simon quitta Pierre assez tard, et lui assura qu'il ne repasserait jamais en Auvergne sans venir lui faire part de ce qu'il aurait vu de nouveau dans sa tournée. Pierre le lui fit promettre sur son honneur, et l'on sait que Simon de Nantua ne manqua jamais à sa parole.

CHAPITRE XXII.

Conclusion.

Maître Pierre, tout satisfait de l'attention que ses voisins avaient prêtée à ses entretiens sur la physique, se promit de continuer les réunions du soir, et de profiter des bonnes dispositions où il voyait ses amis, pour tourner à leur avantage l'instruction variée qu'il avait acquise pendant son séjour à Paris. Il avait souvent remarqué avec un vif regret la profonde ignorance dans laquelle vivaient les habitants de l'endroit, même les plus à l'aise, car c'est à peine si quelques uns savaient lire passablement; aussi étaient-ils presque tous obligés d'avoir recours à notre bon Pierre, ou au maître d'école du village, chaque fois que e messager apportait quelque lettre, ou qu'il s'agissait d'établir le moindre compte pour des fermages et autres intérêts. Pierre, à la vérité, rendait ces sortes de services très volontiers, mais il aurait préféré que ses voisins pussent d'eux-mêmes se tirer d'affaire. Il déplorait d'ailleurs le défaut d'ordre et de propreté qui régnait dans les ménages, et surtout la coupable négligence avec laquelle on élevait les enfants. Le village, comme nous l'avons dit, placé à mi-côte sur une jolie colline ornée d'arbres et de plantations, devait être, dans un tel site, un endroit agréable et salubre : cependant il y régnait souvent des fièvres et d'autres maladies pernicieuses. Pierre n'en était point surpris : les rues du village étaient sales, encombrées de fange au point qu'on ne parvenait à l'entrée de la plupart des maisons qu'à travers une mare d'eau bourbeuse dont les exhalaisons devenaient pestilentielles dans la saison des grandes chaleurs. Cette malpropreté choquait d'autant plus notre brave Pierre, qu'il avait parcouru quelques pays où il en était autrement ; car, avant d'être garçon de salle à l'école des Quatre-Nations, Pierre avait fait quelques campagnes et visité avec nos armées une partie de l'Allemagne et de la Hollande. L'instruction, l'ordre, la propreté des habitants de ces contrées, les améliorations dans l'agriculture, tout l'avait d'autant plus frappé, qu'il avait vu des choses bien différentes dans son pays. Il s'était donc souvent promis que, s'il était assez heureux pour acquérir quelque petite propriété dans son village, et pour y passer tranquillement ses vieux jours, il chercherait à utiliser son expérience au profit de ses voisins.

Pierre possédait encore un certain tact : il s'était appliqué à observer les hommes et à connaître leur caractère; et il savait comment s'y prendre pour soutenir leur attention et entretenir en eux le désir de s'améliorer; aussi se gardait-il bien de les fatiguer par des remontrances continuelles et même par des entretiens trop suivis sur des matières sérieuses. De temps à autre les soirées se passaient à raconter quelques histoires, quelques anecdotes amusantes, mais dont le sens était toujours moral et le but plein d'utilité. C'est surtout le dimanche qu'il donnait à ses voisins ce genre de récréation, et ceux-ci finirent par y prendre tant de plaisir, que les deux cabarets du village, jusqu'alors toujours remplis, furent bientôt obligés, faute de chalands, de mettre leur enseigne à bas. La mémoire de Pierre était excellente; les cours auxquels il avait as-

12

sisté l'avaient tous également intéressé. Je dirai bientôt, ami lecteur, ce qu'il en avait retenu, et comme il s'y prenait pour le raconter à ses voisins.

FIN.

TABLE

DES CHAPITRES.

FIN DE LA TABLE DES CHAPITRES.

12.

TABLE ALPHABÉTIQUE

DES MATIÈRES.

A

B

C

L

M

N

O

P

R

S

FIN DE LA TABLE ALPHABÉTIQUE DES MATIÈRES.

Imp. d'Hippolyte TILLIARD, rue St.-Hyacinthe, 30.

MAITRE PIERRE

ou

LE SAVANT DE VILLAGE

In-18.

1. Entretiens sur la physique, par C. P. Brard. 60 c.
2. — sur l'astronomie, par Lemaire, avec planches. 40 c.
3. — sur l'industrie, par Brard 50 c.
4. — sur la mécanique, par A. Penot, avec fig. 60 c.
5. — sur l'histoire, par M. L. H. 40 c.
6. Histoire pop. des Français, par A. L. Buchon. 60 c.
7. Entretiens sur la chimie, par A. Penot. 40 c.
8. — sur le calendrier, par Bœckel et A. L. Buchon, avec pl. 90 c.
9. — sur l'éducation, p. Mader. 40 c.
10. — sur la langue française, par L. M. C. 50 c.
11. — sur la géographie, par Saint-Germain, avec cartes. 1 fr.
12. — sur la géographie de la France, par le même, avec carte. 1 fr.
13. — sur la musique, par Le Dhuy. 50 c.
14. — sur les préjugés populaires, par Mader. 50 c.
15. — avec ses petits amis, par X. Marmier. 50 c.
16. — sur l'art de bâtir à la campagne, par C. P. Brard. 40 c.
17. — sur Franklin, par Saint-Germain. 60 c.
18. — sur la physiologie, par le Dr Cerise. 50 c.
19. — sur la botanique, par le prof. Fée, avec planches. 90 c.
20. — sur l'hygiène, par le Dr Chambeyron. 50 c.
21. — sur la géométrie, par le P. Sarrus, avec figures. 50 c.
22. — sur les animaux domestiques, par le Dr Lacauchie. 40 c.
23. Notions sur l'agriculture, par V. Rendu. 60 c.
24. Entretiens sur les inventions utiles, par Saint-Germain. 60 c.
25. — sur la navigation, par L. M. C., avec fig. 50 c.
26. Éléments de géologie, par M. 60 c.
27. Entretiens sur les voyages de découvertes, par Saint-Germain, avec cartes. 1 fr.
28. — sur l'hist. de la révolution française, par le même. 1 fr.
29. — sur la morale, p. Deicasso. 50 c.
30. — sur la zoologie, par Fée. 90 c.
31. — sur les animaux venimeux et les végétaux nuisibles. 90 c.
32. — sur l'histoire ancienne, par St-Germain, avec cartes. 1 fr.
33. — sur les mammifères, par le Dr Lereboullet, avec fig. 90 c.
34. — sur la minéralurgie, par Isabeau. 60 c.
35. — sur les principaux personnages célèbres de la France jusqu'en 1789, par L. M. C. 60 c.
36. — sur les oiseaux, par Fée. 90 c.
37. — sur l'histoire du moyen-âge, par Saint-Germain. 1 fr. 25 c.
38. — sur le système métrique, par Bonnaire. 50 c.
39. — sur les plantes utiles, par Millot. 75 c.
40. — sur l'histoire moderne, par Saint-Germain. 1 fr. 25 c.
41. — sur la connaissance du corps humain, par le doct. Broc. 60 c.
42. — sur la vie de Napoléon, par E. Marco St-Hilaire. 1re ép. 60 c.
43. — Deuxième époque. 60 c.
44. — Sur les arts physico-chimiques. 60 c.

En sus pour le cartonnage, par volume 10 c.

Imp. d'HIPPOLYTE TILLIARD, rue St-Hyacinthe-St-Michel, 30.